瑞蘭國際

瑞蘭國際

瑞蘭國際

一比就通！

名部落客WAWA的

手指日語便利帳

林潔珏　著

不會説就用比的啦！

　　有一陣子和日本這邊的歐巴桑一樣很哈韓劇，韓劇看多了，自然會渴望前往韓國朝聖一番，除了造訪讓我記憶深刻的場景，更想大啖劇中令人垂涎的美食。即使當時韓語一竅不通，狂熱終究戰勝不安，不愛跟團的我在書店找了1本手指韓語就大膽的飛往韓國了。

　　對啊，我們不是常説，不會説就用比的嗎？這招果然管用，只要手指著書上的韓文，不開口也能大致搞定。不過當時攜帶的手指書，因內容編排的關係，用起來很容易手忙腳亂，常常得麻煩好心的在地人等待，以上種種也讓我連想到不諳日語的台灣朋友來日本時，是不是也需要一本能按書索驥、隨時可解決溝通問題的手指日語書呢？這正是我著手撰寫本書的動機與初衷。

　　本書按「機上・機場」、「交通」、「住宿」、「美食」、「觀光娛樂」、「購物」、「困擾」七大情境以及可能發生的狀況，依序以簡單的用句和代換形式，讓您盡速達到溝通的目的。為了讓這本書更具臨場感，不論是情境表達還是單字説明，都附有我精心拍攝的相片讓大家比對參考，光看相片很快的就能找到提問的位置，對方也可以迅速為您解答。即使您對日語50音完全陌生，只

要帶著這本書必可一比就通。此外，本書的旅遊小補帖專欄還會與大家分享不少旅日不可不知或知道會更好的資訊，相信會使您的旅程更臻完美。至於想和當地人哈拉兩句或略懂日語的朋友，本書也備有精簡的內容方便大家發揮或做更進一步的學習。

　　想去日本卻因日語不通而裹足不前嗎？別擔心，不會說就用比的啦！

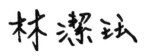

本書3大單元，陪你輕鬆暢遊日本

Part 1　行前準備

匯集旅遊期間每天一定用得到，而且使用頻率極高的基本日語，把這些內容記起來，必能讓您更快進入狀況。

PART1
行前準備

本章內容匯集旅遊期間每天一定用得到，而且使用頻率極高的基本日語，俗話說有備無患，行前花點時間過目一遍，有了概念，即可出發。當然如果能把這些內容記起來，必能讓您更快的進入狀況。

打招呼　　超基本用句　　超基本句型

Part 2
情境別手指日語實踐

出國旅遊，不論是購物、用餐、觀光，一定得開口表達自己的需要。本單元將旅程中各種場面會出現的語句，按情境整理歸納，即使是不諳日語的朋友，只要手指著相應的句子或單字，就能很快地把想問的事情、想說的話表達出來。

Part 3
記起來會更好！

數字、日期、時間、數量詞是在各種場面使用率極高的基本單字。出發前若能熟悉這些基本概念，勢必如虎添翼，讓溝通更順暢。此外，出國旅遊除了能增廣見聞，若能在異地結識當地朋友也是一大樂趣，準備好如何自我介紹了嗎？

如何使用本書

張開口說一說

全書日文都有附上羅馬拼音，說日文，也可以這麼迅速容易！

動動手比一比

只要動動手，指著相應的句子或單字，就能很快地把想問的事情、想說的話表達出來。

圖文對照好實用

最豐富的實拍彩圖，不用瞇著眼睛搜尋螞蟻般的小字，直覺式跟著比就對啦！

色々な料理を楽しむ | 盡享各種美食

┌──────┐
│   │ 付きのセットでお願いします。
└──────┘ tsu.ki no se.t.to de o ne.ga.i shi.ma.su

我要附 ┌──────┐ 的套餐。

不會說的時候比這裡

▶ **サラダ**
sa.ra.da
沙拉

お新香
o shi.n.ko.o
醬菜

味噌汁
mi.so.shi.ru
味噌湯

キムチ
ki.mu.chi
泡菜

ご飯は ┌──────┐ でお願いします。
go.ha.n wa ┌──────┐ de o ne.ga.i shi.ma.su

麻煩你白飯 ┌──────┐ 的。

不會說的時候比這裡

大盛
o.o.mo.ri
大碗

並盛
na.mi.mo.ri
普通碗

小盛
ko.mo.ri
小碗

124

6

お好み焼 o.ko.no.mi.ya.ki ；什錦燒

| | をください。
| | o ku.da.sa.i

請給我 | | 。

不會說的
時候比這裡

美食篇

豚玉		**烏賊玉**	
bu.ta ta.ma		i.ka ta.ma	
豬肉加蛋		花枝加蛋	

たこ玉		**すじ玉**	
ta.ko ta.ma		su.ji ta.ma	
章魚加蛋		牛筋加蛋	

チーズ玉		**豚キムチ**	
chi.i.zu ta.ma		bu.ta ki.mu.chi	
起士加蛋		豬肉泡菜	

ミックス玉		**スペシャル玉**	
mi.k.ku.su ta.ma		su.pe.sha.ru ta.ma	
綜合加蛋		豪華特製加蛋	

精彩附錄

五十音韻表、日本行政區、電車路線圖，一本帶著趴趴走，實用又豐富！

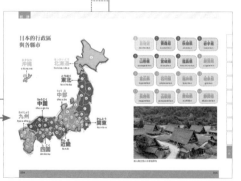

CONTENTS

Part 1 行前準備

Part 2 情境別手指日語會話

CONTENTS

Part 3 記起來會更好！

PART 1
行前準備

本章內容匯集旅遊期間每天一定用得到，而且使用頻率極高的基本日語，俗話説有備無患，行前花點時間過目一遍，有了概念，即可出發。當然如果能把這些內容記起來，必能讓您更快的進入狀況。

打招呼　　　　超基本用句　　　　超基本句型

出発前の準備 | shu.p.pa.tsu ma.e no ju.n.bi
行前準備

挨拶
a.i.sa.tsu；打招呼

おはよう。
o.ha.yo.o
早安。

こんにちは。
ko.n.ni.chi.wa
午安；你好。

こんばんは。
ko.n.ba.n.wa
晚安。（用於晚上見面時）

お休みなさい。
o ya.su.mi.na.sa.i
晚安。（用於睡覺前）

どうもありがとう。
do.o.mo a.ri.ga.to.o
非常謝謝。

どういたしまして。
do.o i.ta.shi.ma.shi.te
不客氣。

さようなら。
sa.yo.o.na.ra
再見。

すみません。
su.mi.ma.se.n
不好意思、對不起。

※ 除了表示歉意之外，多用在有事情要麻煩或打擾他人的時候。例如問路或要求借過一下，都用得到。此外，「失礼します」（< shi.tsu.re.e.shi.ma.su >；失禮了）
也是打擾他人時常用的招呼語。

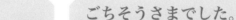

超基本フレーズ

cho.o ki.ho.n fu.re.e.zu；超基本用句

はい。
ha.i
好的；對的。

いいえ。
i.i.e
不；不對。

いただきます。
i.ta.da.ki.ma.su
開動。

ごちそうさまでした。
go.chi.so.o.sa.ma de.shi.ta
謝謝款待。

※ 在餐廳用餐後，也可以對服務人
員這麼説來表示謝意。

ごめんなさい。
go.me.n.na.sa.i
對不起。

大丈夫ですよ。
da.i.jo.o.bu de.su yo
沒關係啦。

気にしないで。
ki ni shi.na.i.de
別在意。

**ちょっと教えて
ください。**
cho.t.to o.shi.e.te ku.da.sa.i
請問一下。

どうぞ。
do.o.zo
請；請説。

**もう一度言って
もらえますか。**
mo.o i.chi.do i.t.te mo.ra.e.ma.su ka
能請您再説一次嗎？

そうですか。
so.o de.su ka
原來如此。（語尾下降）/
是那樣嗎？（語尾上揚）

わ
分かりました。
wa.ka.ri.ma.shi.ta
知道了；了解了。

わ
分かりません。
wa.ka.ri.ma.se.n
不知道；不懂。

み
見るだけです。
mi.ru da.ke de.su
我只想看看。

み
ちょっと見せてください。
cho.t.to mi.se.te ku.da.sa.i
請讓我看一下。

いくらですか。
i.ku.ra de.su ka
多少錢？

まけてくれませんか。
ma.ke.te ku.re.ma.se.n ka
可不可以算便宜點？

ま
ちょっと待ってください。
cho.t.to ma.t.te ku.da.sa.i
請稍等一下。

ねが
はい、お願いします。
ha.i o ne.ga.i shi.ma.su
好的，麻煩你。

けっこう
いいえ、結構です。
i.i.e ke.k.ko.o de.su
不了，謝謝。（表示委婉的拒絕）

超基本文型

cho.o ki.ho.n bu.n.ke.e；超基本句型

［　　　　　］をください。

［　　　　　］o ku.da.sa.i

請給我［　　　　　］。

※購物或點菜時的常用表達方式。會話時，可省略助詞「を」。

これをください。
ko.re o ku.da.sa.i
請給我這個。

コーヒーをください。
ko.o.hi.i o ku.da.sa.i
請給我咖啡。

これは［　　　　　］ですか。

ko.re wa ［　　　　　］de.su ka

這是［　　　　　］嗎？

※詢問眼前物品時常用的句型。距離自己不遠的指示代名詞要用「それ」（＜so.re＞；那個），距離較遠的則使用「あれ」（＜a.re＞；那個）。

これは日本製ですか。
ko.re wa ni.ho.n.se.e de.su ka
這是日本製的嗎？

これは鍍金ですか。
ko.re wa me.k.ki de.su ka
這是鍍金的嗎？

行前準備

＿＿＿＿はありますか。

＿＿＿＿ wa a.ri.ma.su ka

有＿＿＿＿嗎？

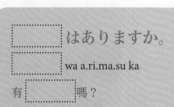

※ 詢問有無某商品、餐點、服務的常用句型。會話時，可省略助詞「は」。

請你跟著
說說看

一日乗車券はありますか。
いちにちじょうしゃけん
i.chi.ni.chi jo.o.sha.ke.n wa a.ri.ma.su ka
有一日乘車券嗎？

割引はありますか。
わりびき
wa.ri.bi.ki wa a.ri.ma.su ka
有打折嗎？

＿＿＿＿はどこですか。

＿＿＿＿ wa do.ko de.su ka

＿＿＿＿在哪裡？

※ 問路時常用的句型。

請你跟著
說說看

渋谷駅はどこですか。
しぶ や えき
shi.bu.ya e.ki wa do.ko de.su ka
澀谷車站在哪裡？

バス乗り場はどこですか。
の ば
ba.su no.ri.ba wa do.ko de.su ka
公車乘車處在哪裡？

場所 に 施設か設備 はありますか。

　　　　　 ni 　　　　　 wa a.ri.ma.su ka

在 場所 有 設施或設備 嗎？

※ 詢問附近有無某些設施、設備的常用句型。

請你跟著
說說看

この近くにトイレはありますか。
ko.no chi.ka.ku ni to.i.re wa a.ri.ma.su ka
這附近有廁所嗎？

ホテルに自動販売機はありますか。
ho.te.ru ni ji.do.o ha.n.ba.i.ki wa a.ri.ma.su ka
飯店裡有自動販賣機嗎？

　　　　　をもらえますか。

　　　　　 o mo.ra.e.ma.su ka

我可以要 　　　　　 嗎？

※ 不論是用餐時要茶、要水，還是購物、觀光時索取收據、簡章，都用得到這句話。
　 由於使用頻率極高，記起來會很方便。

請你跟著
說說看

お茶をもらえますか。
o cha o mo.ra.e.ma.su ka
可以給我茶嗎？

パンフレットをもらえますか。
pa.n.fu.re.t.to o mo.ra.e.ma.su ka
可以給我簡章嗎？

（し）たいんですが……。

（.shi).ta.i n de.su ga

我想要 ┌────────┐……。

※ 除了表達「想做～」之外，也是出國旅遊要求某些服務的常用句型。「……」雖表示話沒講完，因為對方通常知道接下來該怎麼做，若無特別指定，一般都會省略。

請你跟著
說說看

チェックインしたいんですが……。
che.k.ku.i.n.shi.ta.i n de.su ga
我想要check in……。

も　かえ
持ち帰りしたいんですが……。
mo.chi.ka.e.ri.shi.ta.i n de.su ga
我想外帶……。

（し）てもいいですか。

（.shi).te mo i.i de.su ka

可以 ┌────────┐ 嗎？

※ 拍照、試穿、借用廁所等，請求對方許可時常用的句型。

請你跟著
說說看

しゃしん
写真をとってもいいですか。
sha.shi.n o to.t.te mo i.i de.su ka
可以拍照嗎？

試着^{しちゃく}してもいいですか。
shi.cha.ku.shi.te mo i.i de.su ka
可以試穿嗎？

☆★旅遊小補帖

日語會話中重要的「附和」

「附和」是日語會話中不可或缺的重要元素，也是與日本人交談時應有的禮貌。因為日本人較多慮也缺乏安全感，所以在談話當中，聽話者常藉由「はい」（＜ha.i＞；是的）、「うん」（＜u.n＞；嗯）、「そうですか」（＜so.o de.su ka＞；是這樣啊）這樣的附和語來表示理解、認同或有興趣，除了表示自己有在仔細聽，也能讓說話者安心。其他常用的附和語如下，若有機會和當地人交談，使用起來會很方便喔。

本当^{ほんとう}ですか。 ho.n.to.o de.su ka 真的嗎？	**そうですね。** so.o de.su ne 是的，的確。 （表示同意對方說的內容）。
へえー、そうなんだ。 he.e.e so.o.na n da 嘿～，原來如此。	**もちろん。** mo.chi.ro.n 當然。
まさか。 ma.sa.ka 不會吧！	**そうだろうね。** so.o da.ro.o ne 我想也是呢。
知^しらなかった。 shi.ra.na.ka.t.ta 我竟然不知道。	**おっしゃる通^{とお}りです。** o.s.sha.ru to.o.ri de.su 您說的一點也沒錯。
なるほど。 na.ru.ho.do 的確，果然。	

Part2
情境別
手指日語實踐

出國旅遊，不論是購物、用餐、觀光，一定得開口表達自己的需要。
本章將旅程中各種場面會出現的語句，按情境整理歸納，即使是不諳
日語的朋友，只要您手指著相應的句子或單字，就能很快地把想問的
事情、想説的話表達出來。

機上・機場篇

機内で き ない | ki.na.i de | 在機上

MP3 04

お願いする ねが o ne.ga.i su.ru；請託

　　　をください。

　　　o ku.da.sa.i

請給我 　　　。

不會説的時候比這裡

ドリンクなど （< do.ri.n.ku na.do >；飲料等）

お湯 ゆ
o yu
熱開水

サイダー
sa.i.da.a
汽水

コーラ
ko.o.ra
可樂

紅茶 こうちゃ
ko.o.cha
紅茶

コーヒー
ko.o.hi.i
咖啡

砂糖 さ とう
sa.to.o
糖

ウーロン茶 ちゃ
u.u.ro.n.cha
烏龍茶

緑茶 りょくちゃ
ryo.ku.cha
綠茶

ミルク
mi.ru.ku
奶精

オレンジジュース
o.re.n.ji ju.u.su
柳橙汁

トマトジュース
to.ma.to ju.u.su
番茄汁

ウィスキー
wi.su.ki.i
威士忌

ビール
bi.i.ru
啤酒

<ruby>赤<rt>あか</rt></ruby>ワイン
a.ka wa.i.n
紅酒

<ruby>白<rt>しろ</rt></ruby>ワイン
shi.ro wa.i.n
白酒

ミネラルウォーター
mi.ne.ra.ru wo.o.ta.a
礦泉水

スパークリングウォーター
su.pa.a.ku.ri.n.gu wo.o.ta.a
氣泡礦泉水

アップルジュース
a.p.pu.ru ju.u.su
蘋果汁

還可以這麼說：

<ruby>氷<rt>こおり</rt></ruby>なしでお<ruby>願<rt>ねが</rt></ruby>いします。
ko.o.ri na.shi de o ne.ga.i shi.ma.su
請不要加冰塊。

不會説的
時候比這裡

機内食<ruby>機内食<rt>き ないしょく</rt></ruby>（< ki.na.i.sho.ku >；機上餐點）

<ruby>牛肉<rt>ぎゅうにく</rt></ruby>
gyu.u.ni.ku
牛肉

<ruby>魚<rt>さかな</rt></ruby>
sa.ka.na
魚

<ruby>豚肉<rt>ぶたにく</rt></ruby>
bu.ta.ni.ku
豬肉

<ruby>鶏肉<rt>とりにく</rt></ruby>
to.ri.ni.ku
雞肉

<ruby>麺<rt>めん</rt></ruby>
me.n
麵

パン
pa.n
麵包

<ruby>ご飯<rt>はん</rt></ruby>
go.ha.n
飯

不會説的
時候比這裡

機内用品など<ruby>機内用品<rt>き ないようひん</rt></ruby>など（< ki.na.i yo.o.hi.n na.do >；機上用品等）

<ruby>搭乗券<rt>とうじょうけん</rt></ruby>
to.o.jo.o.ke.n
登機卡

おしぼり
o.shi.bo.ri
擦手巾

<ruby>毛布<rt>もう ふ</rt></ruby>
mo.o.fu
毛毯

<ruby>枕<rt>まくら</rt></ruby>
ma.ku.ra
枕頭

エチケット<ruby>袋<rt>ぶくろ</rt></ruby>
e.chi.ke.t.to bu.ku.ro
嘔吐袋

ヘッドホン
he.d.do.ho.n
耳機

入国カード

nyu.u.ko.ku ka.a.do
入境卡

税関申告書

ze.e.ka.n shi.n.ko.ku.sho
海關申報單

不會說的時候比這裡

 免税品（< me.n.ze.e.hi.n >；免税品）

カタログ

ka.ta.ro.gu
目錄

タバコ

ta.ba.ko
香菸

お酒

o sa.ke
酒

香水

ko.o.su.i
香水

化粧品

ke.sho.o.hi.n
化妝品

チョコレート

cho.ko.re.e.to
巧克力

腕時計
u.de do.ke.e
手錶

おもちゃ
o.mo.cha
玩具

機内でのやりとり
きない

ki.na.i de no ya.ri.to.ri；在機上的對話

※ 和其他乘客的對話：

ここは私の席ですが……。
わたし　せき
ko.ko wa wa.ta.shi no se.ki de.su ga
這是我的位子……。

私と席を替わっていただけませんか。
わたし　せき　か
wa.ta.shi to se.ki o ka.wa.t.te i.ta.da.ke.ma.se.n ka
可不可以請您和我換位子？

席を替わりましょうか。
せき　か
se.ki o ka.wa.ri.ma.sho.o ka
要我跟你換位子嗎？

はい、ありがとうございます。
ha.i a.ri.ga.to.o go.za.i.ma.su
好，謝謝。

いいえ、大丈夫です。
だいじょう　ぶ
i.i.e da.i.jo.o.bu de.su
不用了，沒關係。

座席を倒してもいいですか。
ざ せき　たお
za.se.ki o ta.o.shi.te mo i.i de.su ka
我可以放下椅背嗎？

背もたれを元に戻してもらえますか。
せ　　　もと　もど
se.mo.ta.re o mo.to ni mo.do.shi.te mo.ra.e.ma.su ka
可以請你把椅背豎回原位嗎？

すみません、通してください。
とお
su.mi.ma.se.n to.o.shi.te ku.da.sa.i
不好意思，借過一下。

荷物をしまうスペースがありません。
ni.mo.tsu o shi.ma.u su.pe.e.su ga a.ri.ma.se.n
沒有放行李的空間了。

荷物を入れてもらえますか。
ni.mo.tsu o i.re.te mo.ra.e.ma.su ka
能幫我把行李放上去嗎？

これを下げてもらえますか。
ko.re o sa.ge.te mo.ra.e.ma.su ka
可以把這個收走嗎？（用畢的餐盤）

テレビモニターの使い方を教えてください。
te.re.bi mo.ni.ta.a no tsu.ka.i.ka.ta o o.shi.e.te ku.da.sa.i
請教我怎麼用電視螢幕。

イヤホンの調子が悪いんですが……。
i.ya.ho.n no cho.o.shi ga wa.ru.i n de.su ga
耳機怪怪的……。

間違ってコールボタンを押してしまいました。
ma.chi.ga.t.te co.o.ru.bo.ta.n o o.shi.te shi.ma.i.ma.shi.ta
我不小心按到呼叫按鈕了。

あそこの空いている席に移ってもいいですか。
a.so.ko no a.i.te i.ru se.ki ni u.tsu.t.te mo i.i.de.su ka
我可以移到那裡的空位嗎？

31

MP3 06

たずねる ta.zu.ne.ru；詢問

┌─────────┐
│   │ はどこですか。
└─────────┘
┌─────────┐
│   │ wa do.ko de.su ka
└─────────┘
┌─────────┐
│   │ 在哪裡？
└─────────┘

不會說的
時候比這裡

だい いち
第1ターミナル

da.i.i.chi ta.a.mi.na.ru
第1航廈

だい に
第2ターミナル

da.i ni ta.a.mi.na.ru
第2航廈

こくないせんしゅっぱつ
国内線出発ロビー

ko.ku.na.i.se.n
shu.p.pa.tsu ro.bi.i
國內線出境大廳

こくないせんとうちゃく
国内線到着ロビー

ko.ku.na.i.se.n
to.o.cha.ku ro.bi.i
國內線入境大廳

こくさいせんしゅっぱつ
国際線出発ロビー

ko.ku.sa.i.se.n
shu.p.pa.tsu ro.bi.i
國際線出境大廳

こくさいせんとうちゃく
国際線到着ロビー

ko.ku.sa.i.se.n to.o.cha.ku ro.bi.i
國際線入境大廳

こうくう
～航空のチェックイン
カウンター

～ ko.o.ku.u no che.k.ku.i.n
ka.u.n.ta.a
～航空報到櫃台

こくないせん
国内線チェックイン
カウンター

ko.ku.na.i.se.n che.k.ku.i.n
ka.u.n.ta.a
國內線報到櫃台

手荷物一時預かり所

te.ni.mo.tsu i.chi.ji
a.zu.ka.ri.jo
行李暫時寄放處

コインロッカー

ko.i.n ro.k.ka.a
投幣式寄物櫃

～番ゲート

～ ba.n ge.e.to
～號登機口

クレームカウンター

ku.re.e.mu ka.u.n.ta.a
提領行李申訴櫃檯

チケット売り場

chi.ke.t.to u.ri.ba
售票處

免税店

me.n.ze.e.te.n
免税店

両替所

ryo.o.ga.e.jo
兌幣處

手荷物引取所

te.ni.mo.tsu hi.ki.to.ri.jo
行李提領處

授乳室

ju.nyu.u.shi.tsu
哺乳室

公衆電話

ko.o.shu.u de.n.wa
公用電話

展望デッキ

te.n.bo.o de.k.ki
瞭望台

カート

ka.a.to
推車

喫煙所

ki.tsu.e.n.jo
吸菸處

の乗り場はどこですか。

no no.ri.ba wa do.ko de.su ka

的乘車處在哪裡？

不會説的
時候比這裡

ターミナル間無料連絡バス

ta.a.mi.na.ru ka.n mu.ryo.o re.n.ra.ku ba.su
航廈間免費接駁巴士

リムジンバス

ri.mu.ji.n ba.su
機場巴士

タクシー

ta.ku.shi.i
計程車

□□□ 行きのバスはどこですか。

yu.ki no ba.su wa do.ko de.su ka

往 □□□ 的巴士在哪裡？

不會説的
時候比這裡

しんじゅく **新宿**	いけぶくろ **池袋**	しながわ **品川**	しぶ や **渋谷**
shi.n.ju.ku 新宿	i.ke.bu.ku.ro 池袋	shi.na.ga.wa 品川	shi.bu.ya 澀谷

あさくさ **浅草**	おおさかえき **大阪駅**
a.sa.ku.sa 淺草	o.o.sa.ka e.ki 大阪車站

しんさいばし **心斎橋**	こうべ **神戸**
shi.n.sa.i.ba.shi 心齋橋	ko.o.be 神戶

きょう と **京都**	な ら **奈良**
kyo.o.to 京都	na.ra 奈良

くうこう
空港で | ku.u.ko.o.de
在機場

MP3
07

にゅうこくしん さ
入国審査　nyu.u.ko.ku shi.n.sa；入國審查

りょこう　もくてき　なん
旅行の目的は何ですか。
ryo.ko.o no mo.ku.te.ki wa na.n de.su ka
旅行的目的是什麼？

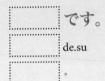
□□□です。
□□□de.su
□□□。

不會説的
時候比這裡

かんこう
観光
ka.n.ko.o
觀光

しゅっちょう
出張
shu.c.cho.o
出差

ビジネス
bi.ji.ne.su
商務

りゅうがく
留学
ryu.u.ga.ku
留學

に ほん　　　　　　　　たいざい
日本にはどのくらい滞在しますか。
ni.ho.n ni wa do.no ku.ra.i ta.i.za.i.shi.ma.su ka
在日本要待多久呢？

□□□です。
□□□de.su
□□□。

不會説的
時候比這裡

か かん
〜日間
〜 ka.ka.n
〜天

しゅうかん
〜週間
〜 shu.u.ka.n
〜星期

げつ
〜か月
〜 ka.ge.tsu
〜個月

ねんかん
〜年間
〜 ne.n.ka.n
〜年

※ 貼心小叮嚀！趕快翻到 P223，有更多時間的説法！

<ruby>滞在先<rt>たいざいさき</rt></ruby>はどちらですか。
ta.i.za.i.sa.ki wa do.chi.ra de.su ka
住在哪裡呢？

です。
de.su

不會説的
時候比這裡

〜ホテル
〜 ho.te.ru
〜飯店

〜<ruby>旅館<rt>りょかん</rt></ruby>
〜 ryo.ka.n
〜旅館

<ruby>友達<rt>ともだち</rt></ruby>の<ruby>家<rt>いえ</rt></ruby>
to.mo.da.chi no i.e
朋友的家

<ruby>会社<rt>かいしゃ</rt></ruby>の<ruby>寮<rt>りょう</rt></ruby>
ka.i.sha no ryo.o
公司的宿舍

くうこう
空港で | ku.u.ko.o.de
在機場

MP3
08

つうかん
通関 tsu.u.ka.n；通關

しんこく
申告するものはありますか。
shi.n.ko.ku.su.ru mo.no wa a.ri.ma.su ka
有申報的東西嗎？

いいえ、ありません。
i.i.e a.ri.ma.se.n
不，沒有。

はい、あります。お酒は〜本持っています。
ha.i a.ri.ma.su o sa.ke wa 〜 ho.n mo.t.te i.ma.su
是，有的。我帶了〜瓶酒。

はい、あります。タバコは〜カートン持って
います。
ha.i a.ri.ma.su ta.ba.ko wa 〜 ka.a.to.n mo.t.te i.ma.su
是，有的。我帶了〜條香菸。

にもつ
荷物はこれだけですか。
ni.mo.tsu wa ko.re da.ke de.su ka
行李只有這些嗎？

はい、これだけです。
ha.i ko.re da.ke de.su
是的，只有這些。

べっそうひん
いいえ、別送品があります。
i.i.e be.s.so.o.hi.n ga a.ri.ma.su
不，有另外寄送的物品。

トランクの中を拝見させてください。
to.ra.n.ku no na.ka o ha.i.ke.n.sa.se.te ku.da.sa.i
請讓我看行李箱裡面。

はい、どうぞ。
ha.i do.o.zo
好的，請。

MP3
09

<ruby>両替<rt>りょうがえ</rt></ruby>　ryo.o.ga.e；換錢

□□□を<ruby>日本円<rt>に ほんえん</rt></ruby>に<ruby>両替<rt>りょうがえ</rt></ruby>したいんですが……。

□□□ o ni.ho.n e.n ni ryo.o.ga.e.shi.ta.i n de.su ga

我想把□□□兌換成日幣……。

不會説的
時候比這裡

<ruby>台湾元<rt>たいわんげん</rt></ruby>	<ruby>米<rt>べい</rt></ruby>ドル	<ruby>人民元<rt>じんみんげん</rt></ruby>	ユーロ
ta.i.wa.n ge.n	be.e do.ru	ji.n.mi.n ge.n	yu.u.ro
台幣	美金	人民幣	歐元

<ruby>今日<rt>きょう</rt></ruby>の<ruby>為替<rt>かわせ</rt></ruby>レートはいくらですか。
kyo.o no ka.wa.se re.e.to wa i.ku.ra de.su ka
今天的匯率是多少？

このトラベラーズチェックを<ruby>現金<rt>げんきん</rt></ruby>に<ruby>替<rt>か</rt></ruby>えてください。
ko.no to.ra.be.ra.a.zu che.k.ku o ge.n.ki.n ni ka.e.te ku.da.sa.i
請把這個旅行支票兌現。

これを 1 <ruby>万円札<rt>まんえんさつ</rt></ruby>〜<ruby>枚<rt>まい</rt></ruby>と<ruby>千円札<rt>せんえんさつ</rt></ruby>
〜<ruby>枚<rt>まい</rt></ruby>に<ruby>替<rt>か</rt></ruby>えてください。
ko.re o i.chi.ma.n e.n sa.tsu 〜 ma.i to se.n e.n sa.tsu
〜 ma.i ni ka.e.te ku.da.sa.i
請把這個換成萬圓紙鈔〜張和千圓紙鈔
〜張。

これを [____] 玉に替えてください。

ko.re o [____] da.ma ni ka.e.te ku.da.sa.i

請把這個換成 [____] 硬幣。

不會説的
時候比這裡

五百円
go.hya.ku e.n
五百圓

百円
hya.ku e.n
一百圓

五十円
go.ju.u e.n
五十圓

十円
ju.u e.n
十日圓

五円
go e.n
五日圓

一円
i.chi e.n
一日圓

🎧 MP3 10

リムジンバスに乗る   ri.mu.ji.n ba.su ni no.ru；搭乗機場巴士

しんじゅく ゆ   いち まい
新宿行きの ┌──────┐ チケットを 1 枚ください。

shi.n.ju.ku yu.ki no [   ] chi.ke.t.to o i.chi.ma.i ku.da.sa.i

請給我一張前往新宿的 ┌──────┐ 票。

不會說的
時候比這裡

おうふく
往復

o.o.fu.ku
來回

かたみち
片道

ka.ta.mi.chi
單程

〜ホテルに行くバスはありますか。
〜 ho.te.ru ni i.ku ba.su wa a.ri.ma.su ka
有到〜飯店的巴士嗎？

このバスは〜ホテルに行きますか。
ko.no ba.su wa 〜 ho.te.ru ni i.ki.ma.su ka
這巴士有到〜飯店嗎？

〜行きのバス乗り場は何番ですか。
〜 yu.ki no ba.su no.ri.ba wa na.n.ba.n de.su ka
前往〜的巴士乘車場在幾號？

〜ホテルで降りたいんですが……。
〜 ho.te.ru de o.ri.ta.i n de.su ga
我想在〜飯店下車……。

〜ホテルはまだですか。
〜 ho.te.ru wa ma.da de.su ka
〜飯店還沒到嗎？

交通篇

でんしゃ ちかてつ の
電車・地下鉄に乗る

de.n.sha chi.ka.te.tsu ni no.ru
搭乗電車・地下鐵

MP3
11

きっぷ か しりょう
切符を買う ・ 資料をもらう
ki.p.pu o ka.u shi.ryo.o o mo.ra.u
購票 ・ 索取資料

きっぷ
～まで、[⬚⬚⬚]の切符を

いちまい
１枚ください。

～ ma.de [⬚⬚⬚] no ki.p.pu o i.chi.ma.i ku.da.sa.i

請給我１張到～，[⬚⬚⬚]的車票。

不會説的
時候比這裡

にち
～日
～ ni.chi
～號

じ ふんはつ
～時～分発
～ ji ～ fu.n ha.tsu
～點～分開

かたみち
片道
ka.ta.mi.chi
單程

おうふく
往復
o.o.fu.ku
來回

じ ゆうせき
自由席
ji.yu.u se.ki
自由座

し ていせき
指定席
shi.te.e se.ki
對號座

おとな
大人
o.to.na
大人

こども
子供
ko.do.mo
小孩

※ 貼心小叮嚀！趕快翻到 P223，有更多「時間」的説法喔！

□	をください。
□	o ku.da.sa.i
請給我 □	。

不會説的時候比這裡

路線図
ろ せん ず
ro.se.n.zu
路線圖

時刻表
じ こくひょう
ji.ko.ku.hyo.o
時刻表

一日乗車券
いちにちじょうしゃけん
i.chi.ni.chi jo.o.sha.ke.n
一日乘車券

グリーン券
けん
gu.ri.i.n.ke.n
綠色乘車券

特急券
とっきゅうけん
to.k.kyu.u.ke.n
特急券

入場券
にゅうじょうけん
nyu.u.jo.o.ke.n
入場券

※ 貼心小叮嚀！趕快翻到 P46，告訴你什麼是「綠色乘車券」！

交通篇

☆★旅遊小補帖

グリーン車しゃ

（＜gu.ri.i.n.sha＞；綠色車廂）

　　綠色車廂是日本 JR 列車中比普通車廂更舒適寬敞的一等車廂。欲搭乘綠色車廂必須購買綠色乘車券，可在剪票口外的綠色窗口或自動售票機，以及入站後月台綠色車廂候車處附近的專用售票機購買。上車後只要把綠色乘車券交給剪票員即可。要注意的是月台候車處附近的售票機必須使用「Suica」、「PASMO」等交通卡購買，購票後也不會有車票出來（Suica 卡內已留下紀錄），上車後只要把 Suica 卡在座位上方的感應器刷一下即可（燈號由紅變綠，綠色表示已付費，剪票員看燈號便知付費與否）。

　　一般普通列車的綠色車廂為自由座，並不一定有座位，不過也不能因為沒座位就不買綠色乘車券。此外，因為上車補票的金額會比先行購買貴很多，請注意別誤搭綠色車廂。至於如何分辨綠色車廂，可參考月台地板或車廂上的四葉幸運草的標示。

　　此外，日本有些特急電車不須要另購特急券（如東急線、京急線），而新幹線等就需要特急券。如何分辨需不需要，看售票機有無特急券的標示即可。

便捷實用的日本交通卡

日本的交通卡（類似台灣悠遊卡），除了支付車資，還可在超商、書店、餐飲店、百貨公司等加盟店或自動販賣機購買商品，可說是一卡在手無往不利。要購買交通卡，可在自動售票機或車站窗口購買，以日本首都圈發行的「Suica」、「PASMO」為例，最便宜的是1千日圓，其中含500日圓保證金，不用時保證金可退還。在退回保證金之前，建議先把卡內儲值的金額用罄，否則要另付210日圓的手續費。例如在便利商店購物時，可要求用卡，不足金額再用現金補足。這時候跟店員說「カードの残金を全部使ってください。（< ka.a.do no za.n.ki.n o ze.n.bu tsu. ka.t.te ku.da.sa.i >；卡片剩下的錢請全部用掉。）」

交通卡的加值金額以千圓為單位，最高可加值到2萬日圓。此外，自2013年3月23日起，「Suica」、「PASMO」、「ICOCA」等已在日本全國各地發行的10種交通IC卡開始通用，只要擁有其中的一張，幾乎就可以日本各地走透透喔。

でんしゃ　ちかてつ　の
電車・地下鉄に乗る　| de.n.sha chi.ka.te.tsu ni no.ru
搭乘電車 ・ 地下鐵

MP3 12

たずねる　ta.zu.ne.ru；詢問

	はどこですか。
	wa do.ko de.su ka
	在哪裡？

不會説的時候比這裡

みどり　　まどぐち
緑の窓口
mi.do.ri no ma.do.gu.chi
（綠色窗口）
JR 票務櫃檯

かいさつぐち
改札口
ka.i.sa.tsu.gu.chi
剪票口

せいさん　き
のりこし精算機
no.ri.ko.shi se.e.sa.n.ki
補票機

アイシー　　　　　　　　き
IC カードチャージ機
a.i.shi.i ka.a.do cha.a.ji.ki
（ Suica、PASMO 等）
IC 卡加值機

ばん
～番ホーム
～ ba.n ho.o.mu
～號月台

しんかんせん　の　　ば
新幹線乗り場
shi.n.ka.n.se.n no.ri.ba
新幹線乘車處

～までいくらですか。
～ ma.de i.ku.ra de.su ka
到～多少錢？

※ 貼心小叮嚀！趕快翻到 P35，有更多「地點」的説法喔！

か
ここに書いてもらえますか。
ko.ko ni ka.i.te mo.ra.e.ma.su ka
可以幫我寫在這裡嗎？

切符の買い方が分からないんですが……。
ki.p.pu no ka.i.ka.ta ga wa.ka.ra.na.i n de.su ga
我不曉得怎麼買車票……（請教我）。

チャージの仕方が分からないんですが……。
cha.a.ji no shi.ka.ta ga wa.ka.ra.na.i n de.su ga
我不知道加值的方法……（請教我）。

[　　　　　　]をしたいんですが……。
[　　　　　　] o shi.ta.i n de.su ga
我想 [　　　　　　] ……。

不會説的時候比這裡

〜行きの予約
〜 yu.ki no yo.ya.ku
預約前往〜

予約の変更
yo.ya.ku no he.n.ko.o
變更預約

予約のキャンセル
yo.ya.ku no kya.n.se.ru
取消預約

払い戻し
ha.ra.i.mo.do.shi
退票

空席はありますか。
ku.u.se.ki wa a.ri.ma.su ka
有空位嗎？

～に行きたいんですが、
　　　　　　で行けますか。

～ ni i.ki.ta.i n de.su ga　　　　de i.ke.ma.su ka

我想去～，　　　　　可以到嗎？

不會說的
時候比這裡

丸ノ内線
まる　　うちせん
ma.ru.no.u.chi se.n
丸之內線

千代田線
ちよだせん
chi.yo.da se.n
千代田線

半蔵門線
はんぞうもんせん
ha.n.zo.o.mo.n se.n
半藏門線

銀座線
ぎんざせん
gi.n.za se.n
銀座線

日比谷線
ひびやせん
hi.bi.ya se.n
日比谷線

有楽町線
ゆうらくちょうせん
yu.u.ra.ku.cho.o se.n
有樂町線

都営浅草線
と　えいあさくさせん
to.e.e a.sa.ku.sa se.n
都營淺草線

都営大江戸線
と　えいおおえどせん
to.e.e o.o.e.do se.n
都營大江戶線

どこで乗り換えたらいいですか。
の　か
do.ko de no.ri.ka.e.ta.ra i.i de.su ka
在哪裡換車好呢？

　　　　　　　　　　　は何番ホームですか。
　　　　　　　　　　　　　 なんばん

　　　　　　　　　　　wa na.n.ba.n ho.o.mu de.su ka

　　　　　　　　　　　是幾號月台呢？

不會説的
待候比這裡

山手線
やまのてせん
ya.ma.no.te se.n
山手線

東海道本線
とうかいどうほんせん
to.o.ka.i.do.o ho.n.se.n
東海道本線

中央線
ちゅうおうせん
chu.u.o.o se.n
中央線

横須賀線
よこすかせん
yo.ko.su.ka se.n
橫須賀線

埼京線
さいきょうせん
sa.i.kyo.o se.n
埼京線

京葉線
けいようせん
ke.e.yo.o se.n
京葉線

総武線
そうぶせん
so.o.bu se.n
總武線

京浜東北線
けいひんとうほくせん
ke.e.hi.n.to.o.ho.ku se.n
京濱東北線

～に　　　　　　　　は停まりますか。
　　　　　　　　　　　　　　と

～ ni　　　　　　　wa to.ma.ri.ma.su ka

在～　　　　　　　有停嗎？

不會説的
待候比這裡

急行
きゅうこう
kyu.u.ko.o
急行

快速
かいそく
ka.i.so.ku
快速

特急
とっきゅう
to.k.kyu.u
特急

はい、停まります。
ha.i to.ma.ri.ma.su
是的，有停。

いいえ、停まりません。
i.i.e to.ma.ri.ma.se.n
不，沒停。

この電車は〜に停まりますか。
ko.no de.n.sha wa 〜 ni to.ma.ri.ma.su ka
這電車在〜有停嗎？

〜行きの電車はここで乗れますか。
〜 yu.ki no de.n.sha wa ko.ko de no.re.ma.su ka
往〜的電車可以在這裡搭嗎？

すみません、☐☐☐☐はどの辺にありますか。
su.mi.ma.se.n ☐☐☐☐ wa do.no he.n ni a.ri.ma.su ka
不好意思，請問☐☐☐☐在哪邊呢？

不會說的
時候比這裡

ちゅうおうぐち
中央口
chu.u.o.o.gu.chi
中央口

ひがしぐち
東口
hi.ga.shi.gu.chi
東口

にしぐち
西口
ni.shi.gu.chi
西口

みなみぐち
南口
mi.na.mi.gu.chi
南口

きたぐち
北口
ki.ta.gu.chi
北口

そちらです。
so.chi.ra de.su
在那邊。

〜に行きたいんですが、
どこで乗り換えればいいですか。
〜 ni i.ki.ta.i n de.su ga do.ko de no.ri.ka.e.re.ba i.i de.su ka
我想去〜，在哪裡換車好呢？

〜駅で、〜線に乗り換えればいいです。
〜 e.ki de 〜 se.n ni no.ri.ka.e.re.ba i.i de.su
在〜車站換〜線就可以了。

□□□ はいつですか。
□□□ wa i.tsu de.su ka
□□□ 是什麼時候？

不會説的
時候比比這裡

終電	始発	次の電車
しゅうでん	しはつ	つぎ でんしゃ
shu.u.de.n	shi.ha.tsu	tsu.gi no de.n.sha
末班電車	頭班電車	下一班電車

切符をなくしてしまったんですが……。
ki.p.pu o na.ku.shi.te shi.ma.t.ta n de.su ga
我車票弄丟了……。

交通篇

53

じょうしゃ
どこから乗車されましたか。
do.ko ka.ra jo.o.sha.sa.re.ma.shi.ta ka
請問從哪上車的？

えん
そうなりますと、〜円いただきます。
so.o na.ri.ma.su.to 〜 e.n i.ta.da.ki.ma.su
這樣的話，要收您〜日圓。

の おく
乗り遅れてしまったんですが……。
no.ri.o.ku.re.te shi.ma.t.ta n de.su ga
我來不及搭上車……。

つぎ でんしゃ りょう
次の電車をご利用なさいますか。
tsu.gi no de.n.sha o go ri.yo.o na.sa.i.ma.su ka
您要搭乘下班電車嗎？

はら もど
払い戻しはできますか。
ha.ra.i.mo.do.shi wa de.ki.ma.su ka
可以退票嗎？

☆★旅遊小補帖

車站內常見的標示

お願い

かけこみ乗車は
あぶないので
おやめください

じょうしゃ
かけこみ乗車はあぶないので、
おやめください。
ka.ke.ko.mi jo.o.sha wa a.bu.na.i no.de o ya.me ku.da.sa.i
請勿硬衝上車，很危險。

下り専用
<ruby>下<rt>くだ</rt></ruby>り<ruby>専用<rt>せんよう</rt></ruby>
ku.da.ri se.n.yo.o
下樓專用手扶梯

<ruby>優先席付近<rt>ゆうせんせきふきん</rt></ruby>では、
<ruby>携帯電話<rt>けいたいでんわ</rt></ruby>の<ruby>電源<rt>でんげん</rt></ruby>をお<ruby>切<rt>き</rt></ruby>りください。
yu.u.se.n.se.ki fu.ki.n de wa ke.e.ta.i.de.n.wa no de.n.ge.
n o o ki.ri ku.da.sa.i
博愛座附近請將行動電話的電源關掉。

※ 日本電車內雖可使用手機，但不可在電車內講電話。

あきかん
a.ki.ka.n
空罐

ペットボトル
pe.t.to bo.to.ru
寶特瓶

<ruby>開<rt>ひら</rt></ruby>くドアにご<ruby>注意<rt>ちゅうい</rt></ruby>ください。
hi.ra.ku do.a ni go chu.u.i ku.da.sa.i
請注意要打開的車門。

<ruby>電車<rt>でんしゃ</rt></ruby>がまいります。
de.n.sha ga ma.i.ri.ma.su
電車來了。

バスに乗る | ba.su ni no.ru
搭乘巴士

MP3 13

たずねる ta.zu.ne.ru；詢問

～行きの _____ はどこですか。

～ yu.ki no _____ wa do.ko de.su ka

往～的 _____ 在哪呢？

不會説的時候比這裡

バス乗り場
ba.su no.ri.ba
公車乘車處

バス停
ba.su te.e
公車站

このバスは～に行きますか。
ko.no ba.su wa ～ ni i.ki.ma.su ka
這巴士有到～嗎？

このバスは何分おきに出ていますか。
ko.no ba.su wa na.n.pu.n o.ki ni de.te i.ma.su ka
這巴士隔幾分鐘一班？

このバスはいつ発車しますか。
ko.no ba.su wa i.tsu ha.s.sha.shi.ma.su ka
這巴士什麼時候開呢？

切符はどこで買えますか。
ki.p.pu wa do.ko de ka.e.ma.su ka
可以在哪裡買車票呢？

切符は車内でも買えますか。
ki.p.pu wa sha.na.i de.mo ka.e.ma.su ka
車上也可以買票嗎？

往復券はありますか。

o.o.fu.ku.ke.n wa a.ri.ma.su ka

有來回票嗎？

次のバスまであと何分ですか。

tsu.gi no ba.su ma.de a.to na.n.pu.n de.su ka

離下一班巴士還有幾分鐘呢？

PASMO ／ Suica は使えますか。

pa.su.mo ／ su.i.ka wa tsu.ka.e.ma.su ka

能用 PASMO ／ Suica 嗎？

細かいのはないんですが……。

ko.ma.ka.i no wa na.i n de.su ga

我沒有零錢……。

お釣りは出ますか。

o tsu.ri wa de.ma.su ka

有找零嗎？

☆★旅遊小補帖

多元方便的付費方式

在 PASMO、Suica 通行的區域，大部分的路線公車都可使用 PASMO、Suica 卡，一般來說公車車門或投票機附近都有標示，很容易分辨。

此外，日本大部份公車的收票機都可以找零，但要注意的是，很多巴士不收 5 千或 1 萬日圓紙鈔，還有需要找零的紙鈔或硬幣有另外的投鈔口和投幣口，可別直接投進票箱內，那可是會一去不回的喔。

1000 円のチャージをお願いします。
se.n e.n no cha.a.ji o o ne.ga.i shi.ma.su
麻煩您加值 1 千日圓。

※ 只要是可以使用交通卡的公車，在車上也可以加值，加值以 1 千日圓為
　　單位，若有需要，可在司機靠站停車時要求代為加值。

□□□□□ はどこに入れればいいですか。
□□□□□ wa do.ko ni i.re.re.ba i.i de.su ka
□□□□□ 要放進哪裡呢？

不會説的
時候比這裡

乗車券
jo.o.sha.ke.n
乘車券

千円札
se.n e.n sa.tsu
1 千日圓紙鈔

五千円札
go.se.n e.n sa.tsu
5 千日圓紙鈔

五百円玉
go.hya.ku e.n da.ma
500 日圓銅板

※ 貼心小叮嚀！趕快翻到 P223，有更多「金額」的説法喔！

～に着いたら教えてもらえますか。
～ ni tsu.i.ta.ra o.shi.e.te mo.ra.e.ma.su ka
到了～，能告訴我嗎？

～はあと<ruby>何<rt>なん</rt></ruby><ruby>個<rt>こ</rt></ruby><ruby>目<rt>め</rt></ruby>ですか。

～ wa a.to na.n.ko.me de.su ka

到～還有幾站？

<ruby>降<rt>お</rt></ruby>ります。

o.ri.ma.su

（我要）下車。

すみません、<ruby>間違<rt>まちが</rt></ruby>えました。

su.mi.ma.se.n ma.chi.ga.e.ma.shi.ta

對不起，我按錯鈴了。

観光バス・巡回バス<ruby>乗<rt></rt></ruby>る <rt>かんこう</rt> <rt>じゅんかい</rt> <rt>の</rt>
ka.n.ko.o ba.su ju.n.ka.i ba.su ni no.ru
搭乘觀光巴士 ・ 巡迴巴士

MP3 14

たずねる ta.zu.ne.ru；詢問

どんなコースがありますか。
do.n.na ko.o.su ga a.ri.ma.su ka
有怎樣的行程呢？

<ruby>予約<rt>よやく</rt></ruby>は<ruby>必要<rt>ひつよう</rt></ruby>ですか。
yo.ya.ku wa hi.tsu.yo.o de.su ka
需要預約嗎？

<ruby>午後<rt>ごご</rt></ruby>〜<ruby>時<rt>じ</rt></ruby>のバスは<ruby>空<rt>あ</rt></ruby>いていますか。
go.go 〜 ji no ba.su wa a.i.te i.ma.su ka
下午〜點的巴士有空位嗎？

このバスの<ruby>運賃<rt>うんちん</rt></ruby>はいくらですか。
ko.no ba.su no u.n.chi.n wa i.ku.ra de.su ka
這巴士的車資多少錢？

〜<ruby>円<rt>えん</rt></ruby>です。
〜 e.n de.su
〜日圓。

<ruby>無料<rt>むりょう</rt></ruby>です。
mu.ryo.o de.su
免費。

☆★旅遊小補帖

搭觀光巴士、巡迴巴士暢遊

日本有很多像「Hato Bus」或「Sky Bus」這樣方便實惠的觀光巴士，至於離車站較遠的暢貨中心或觀光娛樂設施，也多提供有收費或免費的專車接送服務，除了不怕迷路，也可免去轉換交通工具的麻煩。此外，為促進觀光事業的繁榮，在觀光勝地也有像東京台場或橫濱的「BAY SHUTTLE」、「あかいくつ周遊バス」（< a.ka.i ku.tsu shu.u.yu.u ba.su >；紅鞋周遊巴士）等免費或酌收費用的巡迴巴士服務，怕鐵腿的朋友可善加利用。

タクシーに乗る | ta.ku.shi.i ni no.ru
搭計程車

たずねる ta.zu.ne.ru；詢問

タクシー乗り場はどこですか。
ta.ku.shi.i no.ri.ba wa do.ko de su ka
計程車乘車處在哪裡？

ここまでのタクシー代はいくらですか。
ko.ko ma.de no ta.ku.shi.i.da.i wa i.ku.ra de.su ka
到這裡（手指著地圖或住址）的計程車費要多少？

ここまでの時間はどのくらいかかりますか。
ko.ko ma.de no ji.ka.n wa do.no ku.ra.i ka.ka.ri.ma.su ka
到這裡（手指著地圖或住址）大概要花多少時間？

トランクを開けてください。
to.ra.n.ku o a.ke.te ku.da.sa.i
請打開後車廂。

〜までお願いします。
〜 ma.de o ne.ga.i shi.ma.su
麻煩你到〜。

この住所まで送ってください。
ko.no ju.u.sho ma.de o.ku.t.te ku.da.sa.i
請送我到這個地址。

ここでいいです。
ko.ko de i.i. de.su
這裡就可以了。

レンタカーを借りる

re.n.ta.ka.a o ka.ri.ru | 租車

 MP3 16

たずねる ta.zu.ne.ru；詢問

車を借りたいんですが……。
ku.ru.ma o ka.ri.ta.i n de.su ga
我想租車……。

ご予約はされていますか。
go yo.ya.ku wa sa.re.te i.ma.su ka
您有預約嗎？

はい、予約してあります。
ha.i yo.ya.ku.shi.te a.ri.ma.su
是的，我有預約。

いいえ、予約してません。
i.i.e yo.ya.ku.shi.te.ma.se.n
不，我沒有預約。

ご希望の車はありますか。
go ki.bo.o no ku.ru.ma wa a.ri.ma.su ka
有期望的車子嗎？

どんな車があるのか、見せてもらえますか。
do.n.na ku.ru.ma ga a.ru no ka mi.se.te mo.ra.e.ma.su ka
可以看看有什麼車嗎？

この車の料金はいくらですか。
ko.no ku.ru.ma no ryo.o.ki.n wa i.ku.ra de.su ka
這車子的費用是多少呢？

1日〜円です。
i.chi.ni.chi 〜 e.n de.su
1天〜日圓。

これでお願いします。
ko.re de o ne.ga.i shi.ma.su
麻煩你我要這台。

ご利用期間は。
go ri.yo.o ki.ka.n wa
請問您要用多久？

[　　　] です。
[　　　] de.su

下會説的
時候比追理

6 時間
ro.ku.ji.ka.n
6 小時

1 日
i.chi.ni.chi
1 天

2 日間
fu.tsu.ka.ka.n
2 天

3 日間
mi.k.ka.ka.n
3 天

※ 貼心小叮嚀！趕快翻到 P223，有更多「日期」的説法喔！

保険はご加入されますか。
ho.ke.n wa go ka.nyu.u sa.re.ma.su ka
您要加入保險嗎？

はい、お願いします。
ha.i o ne.ga.i shi.ma.su
好的，麻煩你。

いいえ、結構です。
i.i.e ke.k.ko.o de.su
不，不用了。

レンタカーを借りる

re.n.ta.ka.a o.ka.ri.ru
租車

こちらにお名前とご住所をご記入ください。

ko.chi.ra ni o na.ma.e to go ju.u.sho o go ki.nyu.u ku.da.sa.i
請在這裡填寫大名和住址。

パスポートと免許証を拝見させてください。

pa.su.po.o.to to me.n.kyo.sho.o o ha.i.ke.n.sa.se.te ku.da.sa.i
請讓我看一下您的護照和駕照。

返却の時にはガソリンを満タンにしてください。

he.n.kya.ku no to.ki ni wa ga.so.ri.n o ma.n.ta.n ni shi.te ku.da.sa.i
還車時請將汽油加滿。

住宿篇

在櫃台

入住

請託

詢問

退房

在飯店裡的困擾

表達困擾

要求

フロントで | fu.ro.n.to de
在櫃台

チェックイン che.k.ku.i.n；入住

こんにちは、予約していた □□□□□ です。
チェックインをお願いします。

ko.n.ni.chi.wa yo.ya.ku.shi.te i.ta □□□□□ de.su
che.k.ku.i.n o o ne.ga.i shi.ma.su

你好，我是有預約的 □□□□□ 。我要辦理入住手續。

不會說的
時候比這裡

陳（ちん）	林（りん）	黄（こう）
chi.n	ri.n	ko.o
陳	林	黄

こちらの宿泊カードにご記入をお願いいたします。
ko.chi.ra no shu.ku.ha.ku ka.a.do ni go ki.nyu.u o o ne.ga.i i.ta.shi.ma.su
麻煩您填寫一下這裡的住宿卡。

本人確認のため、
パスポートを見せていただけますか。
ho.n.ni.n ka.ku.ni.n no ta.me
pa.su.po.o.to o mi.se.te i.ta.da.ke.ma.su ka
為了確認是否為您本人，可以讓我看一下護照嗎？

早めにチェックインできますか。
ha.ya.me ni che.k.ku.i.n de.ki.ma.su ka
可以提早辦理入住手續嗎？

まだお部屋の準備ができていないので、
もう少しお待ちください。
ma.da o he.ya no ju.n.bi ga de.ki.te i.na.i no.de
mo.o su.ko.shi o ma.chi ku.da.sa.i
因為房間還沒準備好，請再稍等一會兒。

チェックインまで荷物を預かって
もらえますか。
che.k.ku.i.n ma.de ni.mo.tsu o a.zu.ka.t.te
mo.ra.e.ma.su ka
可以幫我保管行李到
Check in 為止嗎？

予約なしで宿泊
できますか。
yo.ya.ku na.shi de shu.ku.ha.ku
de.ki.ma.su ka
沒預約可以住宿嗎？

住宿篇

フロントで | fu.ro.n.to de 在櫃台

お願いする ねが o ne.ga.i su.ru；請託

| [   ] をお願いします。 ねが |
| [   ] o o ne.ga.i shi.ma.su |
| 我要 [   ] 。 |

 不會説的時候比這裡

シングル
shi.n.gu.ru
單人房

ダブル
da.bu.ru
一張雙人床的房間

ツイン
tsu.i.n
兩張床的房間

トリプル
to.ri.pu.ru
三人房

禁煙ルーム きんえん
ki.n.e.n ru.u.mu
禁菸客房

バリアフリールーム
ba.ri.a fu.ri.i ru.u.mu
無障礙客房

エキストラベット
e.ki.su.to.ra be.t.to
加床

ルームサービス
ru.u.mu sa.a.bi.su
客房服務

〜号室のカギ

〜 go.o.shi.tsu no ka.gi
〜號房的鑰匙

露天風呂付きの部屋

ro.te.n.bu.ro tsu.ki no he.ya
附露天浴池的房間

モーニングコール

mo.o.ni.n.gu ko.o.ru
Morning Call

クリーニング

ku.ri.i.ni.n.gu
（衣物）送洗

海の見える部屋

u.mi no mi.e.ru he.ya
看得到海的房間

貴重品を預かってもらえますか。

ki.cho.o.hi.n o a.zu.ka.t.te mo.ra.e.ma.su ka
可以幫我保管貴重物品嗎？

預かってもらった貴重品をお願いします。

a.zu.ka.t.te mo.ra.t.ta ki.cho.o.hi.n o o ne.ga.i shi.ma.su
我要拿寄放的貴重物品。

フロントで | fu.ro.n.to de
在櫃台

□□□□□の使い方を教えて
いただけますか。

□□□□□ no tsu.ka.i.ka.ta o o.shi.e.te
i.ta.da.ke.ma.su ka

可以請教我 □□□□□ 的用法嗎？

不會說的
時候比這裡

でん わ 電話	エアコン	シャワー	リモコン
de.n.wa	e.a.ko.n	sha.wa.a	ri.mo.ko.n
電話	空調	淋浴	遙控器；選台器

セーフティボックス	マッサージチェア
se.e.fu.ti bo.k.ku.su	ma.s.sa.a.ji che.a
保險櫃	按摩椅

□□□□□の予約をお願いしたいんですが……。

□□□□□ no yo.ya.ku o o ne.ga.i shi.ta.i n de.su ga

我想要預約 □□□□□ ……。

不會說的
時候比這裡

レストラン	リムジンバス	マッサージ
re.su.to.ra.n	ri.mu.ji.n ba.su	ma.s.sa.a.ji
餐廳	機場巴士	按摩

ご希望の時間はありますか。

go ki.bo.o no ji.ka.n wa a.ri.ma.su ka
您有希望的時間嗎？

～時でも大丈夫ですか。

～ ji de.mo da.i.jo.o.bu de.su ka
～點可以嗎？

はい、大丈夫ですよ。

ha.i da.i.jo.o.bu de.su yo
好的，沒問題。

あいにくですが、この時間は予約がいっぱいです。

a.i.ni.ku de.su ga ko.no ji.ka.n wa yo.ya.ku ga i.p.pa.i de.su
很不巧，這個時間預約排滿了。

いつなら空いていますか。

i.tsu na.ra a.i.te i.ma.su ka
什麼時候有空位呢？

～時ならご用意できますが、いかがですか。

～ ji na.ra go yo.o.i de.ki.ma.su ga i.ka.ga de.su ka
～點的話可以為您準備，可以嗎？

それでお願いします。

so.re.de o ne.ga.i shi.ma.su
那就麻煩你了。

フロントで

fu.ro.n.to de
在櫃台

□□□□□を貸してください。

□□□□□ o ka.shi.te ku.da.sa.i

請借我 □□□□□ 。

不會説的
時候比這裡

ドライヤー

do.ra.i.ya.a
吹風機

アイロン

a.i.ro.n
熨斗

かさ

ka.sa
傘

将棋

sho.o.gi
象棋

テニスラケット

te.ni.su ra.ke.t.to
網球拍

卓球ラケット

ta.k.kyu.u ra.ke.t.to
桌球拍

浮き輪

u.ki.wa
游泳圈

針と糸

ha.ri to i.to
針和線

たずねる ta.zu.ne.ru；詢問

遅めにチェックアウトできますか。
o.so.me ni che.k.ku.a.u.to de.ki.ma.su ka
可以晚點退房嗎？

追加料金は必要ですか。
tsu.i.ka ryo.o.ki.n wa hi.tsu.yo.o de.su ka
需要追加費用嗎？

◻️ はどこですか。
◻️ wa do.ko de.su ka
◻️ 在哪裡？

不會說的
時候比這裡

バー

ba.a
酒吧

自動販売機

ji.do.o ha.n.ba.i.ki
自動販賣機

食堂

sho.ku.do.o
食堂

お風呂

o fu.ro
澡堂

フロントで

fu.ro.n.to de
在櫃台

☐☐☐☐は<ruby>何時<rt>なんじ</rt></ruby>から<ruby>何時<rt>なんじ</rt></ruby>まででですか。

☐☐☐☐ wa na.n.ji ka.ra na.n.ji ma.de de.su ka

☐☐☐☐ 是幾點到幾點呢？

 不會說的
時候比這裡

<ruby>朝食<rt>ちょうしょく</rt></ruby>

cho.o.sho.ku
早餐

<ruby>夕食<rt>ゆうしょく</rt></ruby>

yu.u.sho.ku
晚餐

<ruby>お風呂<rt>ふ ろ</rt></ruby>

o fu.ro
澡堂

<ruby>私宛<rt>わたし あ</rt></ruby>てに<ruby>伝言<rt>でんごん</rt></ruby>はありませんか。
wa.ta.shi a.te ni de.n.go.n wa a.ri.ma.se.n ka
有我的留言嗎？

チェックアウト
che.k.ku.a.u.to；退房

お支払いはどうなさいますか。
o shi.ha.ra.i wa do.o na.sa.i.ma.su ka
請問您要怎麼付費呢？

現金 / カードで。
ge.n.ki.n / ka.a.do de
用現金 / 刷卡。

これは何の料金ですか。
ko.re wa na.n no ryo.o.ki.n de.su ka
這是什麼費用呢？

これは ☐ の料金ですか。
ko.re wa ☐ no ryo.o.ki.n de.su ka
這是 ☐ 的費用嗎？

不會説的時候比這裡

国際電話	ルームサービス	ミニバー
ko.ku.sa.i de.n.wa	ru.u.mu sa.a.bi.su	mi.ni ba.a
國際電話	客房服務	客房的小酒吧

住宿篇

75

部屋に忘れ物をしたんですが……。
he.ya ni wa.su.re.mo.no o shi.ta n de.su ga
我有東西忘在房間裡……。

午後まで荷物を預かってもらえますか。
go.go ma.de ni.mo.tsu o a.zu.ka.t.te mo.ra.e.ma.su ka
可以替我保管行李到下午嗎？

預かってもらった荷物をお願いします。
a.zu.ka.t.te mo.ra.t.ta ni.mo.tsu o o ne.ga.i shi.ma.su
麻煩你，我要拿寄存的行李。

困っていることを伝える

ko.ma.t.te i.ru ko.to o tsu.ta.e.ru；表達困擾

～号室の～です。

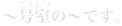

～ go.o.shi.tsu no ～ de.su
我是～號室的～。

が壊れています。

____ ga ko.wa.re.te i.ma.su

____ 壞了。

不會説的
時候比這裡

ドアの鍵	電気	エアコン
do.a no ka.gi	de.n.ki	e.a.ko.n
房門鑰匙	電燈	空調

冷蔵庫	蛇口	テレビ
re.e.zo.o.ko	ja.gu.chi	te.re.bi
冰箱	水龍頭	電視

リモコン	ドライヤー	電気ケトル
ri.mo.ko.n	do.ra.i.ya.a	de.n.ki ke.to.ru
遙控器；選台器	吹風機	快煮壺

住宿篇

ホテルでのトラブル | ho.te.ru de no to.ra.bu.ru
在飯店裡的困擾

トイレの水が流れません。
to.i.re no mi.zu ga na.ga.re.ma.se.n
馬桶無法沖水。

エアコンが効きません。
e.a.ko.n ga ki.ki.ma.se.n
空調不冷（不熱）。

お湯が出ません。
o yu ga de.ma.se.n
熱水出不來。

コンセントが見つかりません。
ko.n.se.n.to ga mi.tsu.ka.ri.ma.se.n
我找不到插頭。

インターネットへの接続ができません。
i.n.ta.a.ne.t.to e no se.tsu.zo.ku ga de.ki.ma.se.n
網路無法連線。

セーフティボックスが開きません。
se.e.fu.ti bo.k.ku.su ga a.ki.ma.se.n
保險櫃打不開。

部屋<ruby>部<rt>へ</rt>屋<rt>や</rt></ruby>に _____ がありません。

he.ya ni _____ ga a.ri.ma.se.n

房裡沒有 _____ 。

不會說的
時候比這裡

シャンプー
sha.n.pu.u
洗髮精

リンス
ri.n.su
潤絲精

バスタオル
ba.su.ta.o.ru
浴巾

<ruby>石<rt>せっ</rt></ruby>けん
se.k.ke.n
肥皂

トイレットペーパー
to.i.re.t.to pe.e.pa.a
衛生紙

<ruby>栓<rt>せん</rt>抜<rt>ぬ</rt></ruby>き
se.n.nu.ki
開罐器

ティーバッグ
ti.i.ba.g.gu
茶包

ティッシュ
ti.s.shu
面紙

スリッパ
su.ri.p.pa
拖鞋

ハンガー
ha.n.ga.a
衣架

<ruby>湯<rt>ゆ</rt>呑<rt>の</rt></ruby>み
yu.no.mi
茶杯

グラス
gu.ra.su
玻璃杯

ホテルでのトラブル

ho.te.ru de no to.ra.bu.ru
在飯店裡的困擾

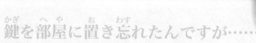

隣の部屋がうるさいです。

to.na.ri no he.ya ga u.ru.sa.i de.su
隔壁的房間很吵。

鍵を部屋に置き忘れたんですが……。

ka.gi o he.ya ni o.ki.wa.su.re.ta n de.su ga
鑰匙忘在房間裡了……。

鍵をなくしてしまったんですが……。

ka.gi o na.ku.shi.te shi.ma.t.ta n de.su ga
鑰匙不見了……。

セーフティボックスの暗証番号を忘れてしまったんですが……。

se.e.fu.ti bo.k.ku.su no a.n.sho.o.ba.n.go.o o wa.su.re.te
shi.ma.t.ta n de.su ga
我忘記保險櫃的密碼了。

お願いする
o ne.ga.i su.ru ；要求

部屋を替えていただけますか。
he.ya o ka.e.te i.ta.da.ke.ma.su ka
可以幫我換房間嗎？

すぐに誰かをよこしてもらえますか。
su.gu ni da.re.ka o yo.ko.shi.te mo.ra.e.ma.su ka
可以請誰馬上過來嗎？

できるだけ早くお願いします。
de.ki.ru da.ke ha.ya.ku o ne.ga.i shi.ma.su
請盡快。

住宿篇

☆★旅遊小補帖

大眾浴池的禮儀

只要是日式旅館，幾乎都會有大眾浴池，建議大家入境隨俗，享受一下在大浴池中泡澡的樂趣。不過要注意的是，進入浴池之前要先把身體沖洗乾淨，長頭髮的人要把頭髮綁起來，沖水的時候不要濺到別人，洗好澡後要把身體略為擦乾再進更衣室。

此外，日本大多數的大眾浴池都會禁止紋身者入內，即使刺青的部位不大，甚至是貼紙，幾乎都會被婉拒，了解上述的基本禮貌和規則，就可以輕鬆愜意的泡個好澡囉。

還有，在日本不論是飯店還是日式旅館都會提供舒適的「浴衣」給旅客使用。雖然是簡便的和服，穿法不必太過講究，但要穿得好看舒適還是有點訣竅，不知道怎麼穿的朋友可參考看看如下的穿法：

① 切記要右下左上。（自己的方向，左下右上是往生者的穿法。）※ 男女皆同
② 衣襟拉正，下襬要成一直線。
③ 腰帶繞兩圈。（女性在肚臍上方，男性在肚臍下方。）
④ 女性打蝴蝶結，男性打單結。
⑤ 蝴蝶結位置，側邊或後方皆可。

美食篇

レストランで | re.su.to.ra.n de
在餐廳

レストランに入る re.su.to.ra.n ni ha.i.ru；進餐廳

お客様は何名様ですか。
o kya.ku.sa.ma wa na.n.me.e sa.ma de.su ka
請問客人有幾位？

□□□□ 名です。

□□□□ me.e de.su

有 □□□□ 位。

不會說的
時候比這裡

いち **1**	に **2**	さん **3**	よん **4**
i.chi	ni	sa.n	yo.n
1	2	3	4

※ 貼心小叮嚀！趕快翻到 P223，有更多人數的說明喔！

おタバコは吸われますか。
o ta.ba.ko wa su.wa.re.ma.su ka
請問您抽菸嗎？

□□□□ でお願いできますか。

□□□□ de o ne.ga.i de.ki.ma.su ka

可以麻煩你（安排）□□□□ 嗎？

不會說的
時候比這裡

きんえんせき **禁煙席**	きつえんせき **喫煙席**	まどぎわ せき **窓際の席**
ki.n.e.n se.ki	ki.tsu.e.n se.ki	ma.do.gi.wa no se.ki
禁菸席	吸菸席	靠窗的位子

座敷席とテーブル席のどちらになさいますか。

za.shi.ki se.ki to te.e.bu.ru se.ki no do.chi.ra ni na.sa.i.ma.su ka

請問您要榻榻米房間的位子還是桌席呢？

レストランで
re.su.to.ra.n de
在餐廳

注文する
ちゅうもん

chu.u.mo.n.su.ru；點餐

メニューをください。
me.nyu.u o ku.da.sa.i
請給我菜單。

ご注文はお決まりですか。
ちゅうもん　　　き
go chu.u.mo.n wa o ki.ma.ri de.su ka
可以點餐了嗎？

はい、お願いします。
ねが
ha.i o ne.ga.i shi.ma.su
可以，麻煩你。

もう少し待ってください。
すこ　ま
mo.o su.ko.shi ma.t.te ku.da.sa.i
請再等一下。

注文してもいいですか。
ちゅうもん
chu.u.mo.n.shi.te mo i.i de.su ka
我可以點餐了嗎？

料理名 を 数 ください

□□□□□ o □□□□□ ku.da.sa.i

請給我 數量 ： 料理名稱 。

不會説的
時候比這裡

これ
ko.re
這個
（手指著菜單）

これとこれ
ko.re to ko.re
這個和這個
（手指著菜單）

あれと同<small>おな</small>じもの
a.re to o.na.ji mo.no
和那個同樣的東西
（手指著隔桌的餐點）

※ 貼心小叮嚀！這是不知料理名稱時，最簡單的説法。

数量

不會説的
時候比這裡

1<small>ひと</small>つ
hi.to.tsu
1 個

2<small>ふた</small>つ
fu.ta.tsu
2 個

3<small>みっ</small>つ
mi.t.tsu
3 個

4<small>よっ</small>つ
yo.t.tsu
4 個

※ 貼心小叮嚀！詳細請參閱 Part 3 基本數字和常用數量詞用法。

これは量<small>りょう</small>が □□□□□ ですか

ko.re wa ryo.o ga □□□□□ de.su ka

這個量 □□□□□ 嗎？

不會説的
時候比這裡

多<small>おお</small>い
o.o.i
很多

少<small>すく</small>ない
su.ku.na.i
很少

普通<small>ふつう</small>
fu.tsu.u
普通

レストランで

これは2人で十分な量ですか。
ko.re wa fu.ta.ri de ju.u.bu.n.na ryo.o de.su ka
這個是 2 人足夠的份量嗎？

〜はいかがですか。
〜 wa i.ka.ga de.su ka
需要〜嗎？

けっこうです。
ke.k.ko.o de.su
不用了。

□□□□は何がありますか。

□□□□ wa na.ni ga a.ri.ma.su ka

□□□□ 有什麼呢？

不會說的
時候比這裡

お飲み物

o no.mi.mo.no
飲料

食後のデザート

sho.ku.go no de.za.a.to
餐後甜點

食前酒

sho.ku.ze.n.shu
飯前酒

〜のメニューはこちらでございます。
〜 no me.nyu.u wa ko.chi.ra de go.za.i.ma.su
〜的菜單在這裡。

ホットとアイスがございますが、
どちらになさいますか。

ho.t.to to a.i.su ga go.za.i.ma.su ga do.chi.ra ni na.sa.i.ma.su ka
有熱的和冰的，請問要哪一樣？

[＿＿＿＿＿]でお願いします。

[＿＿＿＿＿] de o ne.ga.i shi.ma.su

請給我 [＿＿＿＿＿] 。

不會説的
時候比這裡

アイス

a.i.su
冰的

ホット

ho.t.to
熱的

[＿＿＿＿＿]にしてください。

[＿＿＿＿＿] ni shi.te.ku.da.sa.i

麻煩你 [＿＿＿＿＿] 。

不會説的
時候比這裡

氷少なめ
ko.o.ri su.ku.na.me
冰塊少點

氷なし
ko.o.ri na.shi
去冰

お飲み物はいつお持ちしましょうか。
o no.mi.mo.no wa i.tsu o mo.chi shi.ma.sho.o ka
飲料什麼時候送過來呢。

レストランで | re.su.to.ra.n de
在餐廳

[＿＿＿＿＿] でお願^{ねが}いします。

[＿＿＿＿＿] de o ne.ga.i shi.ma.su

麻煩你 [＿＿＿＿＿] 。

不會説的
時候比這裡

食事^{しょくじ}と一緒^{いっしょ}

sho.ku.ji to i.s.sho
和餐點一起

食後^{しょくご}

sho.ku.go
餐後

ご注文^{ちゅうもん}は以上^{いじょう}でよろしいですか。
go chu.u.mo.n wa i.jo.o de yo.ro.shi.i de.su ka
您點的是以上這些嗎？

はい。
ha.i
是的。

いいえ、あとは……。
i.i.e a.to wa
不，我還要……。

すみません、注文^{ちゅうもん}を [＿＿＿＿＿] てもいいですか。

su.mi.ma.se.n chu.u.mo.n o [＿＿＿＿＿] .te mo i.i de.su ka

不好意思，我可以 [＿＿＿＿＿] 點的菜嗎？

不會説的
時候比這裡

替^かえ

ka.e
更換

キャンセルし

kya.n.se.ru.shi
取消

90

はい、どうぞ。
ha.i do.o.zo
好的，請説。

大変申し訳ございません、もう作っていますが……。
ta.i.he.n mo.o.shi.wa.ke.go.za.i.ma.se.n mo.o tsu.ku.t.te i.ma.su ga
非常抱歉，已經在做了……。

ご注文の品はすべてお揃いですか。
go chu.u.mo.n no shi.na wa su.be.te o so.ro.i de.su ka
您點的全到齊了嗎？

はい。
ha.i
是的。

いいえ、まだです。
i.i.e ma.da de.su
不，還沒。

レストランで

しょく じ ちゅう　　　　ねが
食事中にお願いする
sho.ku.ji.chu.u ni o ne.ga.i su.ru；在用餐時請託

すみません、 ☐☐☐☐ をください。

su.mi.ma.se.n ☐☐☐☐ o ku.da.sa.i

麻煩你給我 ☐☐☐☐

不會説的
時候比這裡

ちゃわん **茶碗** cha.wa.n 飯碗	ちゃ **お茶** o cha 茶	みず **水** mi.zu 冷開水
おしぼり o.shi.bo.ri 擦手巾	はし **お箸** o ha.shi 筷子	つまようじ **爪楊枝** tsu.ma.yo.o.ji 牙籤
シロップ shi.ro.p.pu 糖漿	こざら **小皿** ko.za.ra 小盤子	**ミルク** mi.ru.ku 奶精
さとう **砂糖** sa.to.o 糖	はいざら **灰皿** ha.i.za.ra 菸灰缸	**ストロー** su.to.ro.o 吸管

　　　　　　がありますか。

　　　　　　ga a.ri.ma.su ka

有 　　　　　　嗎？

不會說的
時候比這裡

七味唐辛子
しち み とうがら し

shi.chi.mi to.o.ga.ra.shi
七味辣椒粉

ラー油
ゆ

ra.a.yu
辣油

胡椒
こ しょう

ko.sho.o
胡椒

からし

ka.ra.shi
黃芥末

すみません、　　　　　　のお代わりをください。
か

su.mi.ma.se.n 　　　　　　no o ka.wa.ri o ku.da.sa.i

麻煩你，我還要一份 　　　　　　。

不會說的
時候比這裡

ご飯
はん

go.ha.n
飯

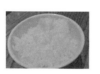

味噌汁
み そ しる

mi.so.shi.ru
味噌湯

サラダ

sa.ra.da
沙拉

コーヒー

ko.o.hi.i
咖啡

レストランで
re.su.to.ra.n de
在餐廳

吃不飽嗎？再來一碗！

日本有許多餐廳的定食會提供白飯免費續碗，更慷慨的連湯類、沙拉、飲料也會免費提供續碗或續杯，若菜單上有「〜のお代わり自由です」（< 〜 no o ka.wa.ri ji.yu.u de.su >；〜續碗、續杯免費）的標示，就不要客氣囉。

すみません、注文を追加したいんですが……。
su.mi.ma.se.n chu.u.mo.n o tsu.i.ka.shi.ta.i n de.su ga
麻煩你，我想加點……。

メニューを見せてもらえますか。
me.nyu.u o mi.se.te mo.ra.e.ma.su ka
可以讓我看一下菜單嗎？

これをもう □□□□ ください
ko.re o mo.o □□□□ ku.da.sa.i
這個再給我 □□□□ 。

不會說的時候比這裡

いっぱい 1杯	ひと さら 1皿	いっ ぽん 1本	ひと 1つ
i.p.pa.i 1杯	hi.to.sa.ra 1盤	i.p.po.n 1瓶	hi.to.tsu 1個

※ 貼心小叮嚀！趕快翻到 P239，有更多「單位」的說法喔！

これをもう少し焼いてもらえますか。
ko.re o mo.o su.ko.shi ya.i.te mo.ra.e.ma.su ka
這個能幫我再烤（煎）熟一點嗎？

すみません、 [   ] を落としてしまいました。

su.mi.ma.se.n [   ] o o.to.shi.te shi.ma.i.ma.shi.ta

不好意思，[   ] 掉了。

新しい [   ] をもらえますか。

a.ta.ra.shi.i [   ] o mo.ra.e.ma.su ka

可以給我新（乾淨）的 [   ] 嗎？

不會說的
時候比這裡

お箸	フォーク	ナイフ	スプーン
o ha.shi	fo.o.ku	na.i.fu	su.pu.u.n
筷子	叉子	刀子	湯匙

美食篇

新しい皿に替えてもらえますか。
a.ta.ra.shi.i sa.ra ni ka.e.te mo.ra.e.ma.su ka
可以幫我換新盤子嗎？

空いたお皿を下げてもらえますか。
a.i.ta o sa.ra o sa.ge.te mo.ra.e.ma.su ka
請把空盤子收走好嗎？

食後のデザートをお願いしてもいいですか。
sho.ku.go no de.za.a.to o o ne.ga.i shi.te mo i.i.de.su ka
麻煩你上餐後的點心好嗎？

レストランで
re.su.to.ra.n de
在餐廳

MP3
26

苦情 (く じょう) ku.jo.o；不滿

注文(ちゅうもん)した料理(りょうり)がまだ来(き)てないんですが……。
chu.u.mo.n.shi.ta ryo.o.ri ga ma.da ki.te na.i n de.su ga
我點的菜還沒來……。

すぐお持(も)ちします。
su.gu o mo.chi shi.ma.su
我馬上端過來。

ただ今(いま)確認(かくにん)いたします。
ta.da.i.ma ka.ku.ni.n i.ta.shi.ma.su
我現在立刻去確認。

これは頼(たの)んでないんですけど……。
ko.re wa ta.no.n.de na.i n de.su ke.do
我沒點這個……。

この中(なか)に [_____] が入(はい)っているんですが……。
ko.no na.ka ni [_____] ga ha.i.t.te i.ru n de.su ga
這裡面有 [_____] ……。

不會説的
時候比這裡

髪(かみ)の毛(け)	虫(むし)	ゴキブリ	ごみ
ka.mi no ke	mu.shi	go.ki.bu.ri	go.mi
頭髮	蟲子	蟑螂	髒東西

これはしょっぱすぎます。
ko.re wa sho.p.pa.su.gi.ma.su
這個太鹹了。

取り替えてもらえますか。
to.ri.ka.e.te mo.ra.e.ma.su ka
可以幫我換掉嗎？

レストランで

re.su.to.ra.n de
在餐廳

MP3 27

<ruby>会<rt>かい</rt></ruby><ruby>計<rt>けい</rt></ruby>する
ka.i.ke.e.su.ru；結帳

<ruby>会<rt>かい</rt></ruby><ruby>計<rt>けい</rt></ruby>を<ruby>お願<rt>ねが</rt></ruby>いします。
ka.i.ke.e o o ne.ga.i shi.ma.su
請結帳。

<ruby>会<rt>かい</rt></ruby><ruby>計<rt>けい</rt></ruby>はご<ruby>一<rt>いっ</rt></ruby><ruby>緒<rt>しょ</rt></ruby>でいいですか。
ka.i.ke.e wa go i.s.sho de i.i de.su ka
一起結帳好嗎？

<ruby>一<rt>いっ</rt></ruby><ruby>緒<rt>しょ</rt></ruby>で<ruby>お願<rt>ねが</rt></ruby>いします。
i.s.sho de o ne.ga.i shi.ma.su
請一起算。

<ruby>別々<rt>べつべつ</rt></ruby>にしてください。
be.tsu.be.tsu ni shi.te ku.da.sa.i
請分開算。

カード<ruby>使<rt>つか</rt></ruby>えますか。
ka.a.do wa tsu.ka.e.ma.su ka
可以刷卡嗎？

はい、どうぞ。
ha.i do.o.zo
請。

<ruby>申<rt>もう</rt></ruby>し<ruby>訳<rt>わけ</rt></ruby>ございません、<ruby>現金<rt>げんきん</rt></ruby>のみです。
mo.o.shi.wa.ke go.za.i.ma.se.n ge.n.ki.n no.mi de.su
很抱歉，我們只收現金。

お<ruby>釣<rt>つ</rt></ruby>りが<ruby>間違<rt>まちが</rt></ruby>っています。
o tsu.ri ga ma.chi.ga.t.te i.ma.su
錢找錯了。

<ruby>大変<rt>たいへん</rt></ruby><ruby>申<rt>もう</rt></ruby>し<ruby>訳<rt>わけ</rt></ruby>ございません、
レシートを<ruby>拝見<rt>はいけん</rt></ruby>してもいいですか。
ta.i.he.n mo.o.shi.wa.ke go.za.i.ma.se.n
re.shi.i.to o ha.i.ke.n.shi.te mo i.i de.su ka
非常抱歉，能讓我看一下收據嗎？

色々な料理を楽しむ
<ruby>色々<rt>いろいろ</rt></ruby>な<ruby>料理<rt>りょうり</rt></ruby>を<ruby>楽<rt>たの</rt></ruby>しむ

i.ro.i.ro.na ryo.o.ri o ta.no.shi.mu

盡享各種美食

 MP3 28

寿司 su.shi；壽司
<ruby>寿司<rt>すし</rt></ruby>

☐☐☐☐ をください。

☐☐☐☐ o ku.da.sa.i

請給我 ☐☐☐☐ 。

不會説的
時候比這裡

鮑 <ruby>鮑<rt>あわび</rt></ruby>	**赤貝** <ruby>赤貝<rt>あかがい</rt></ruby>	**鯵** <ruby>鯵<rt>あじ</rt></ruby>
a.wa.bi 鮑魚	a.ka.ga.i 血蚶	a.ji 竹筴魚
穴子 <ruby>穴子<rt>あなご</rt></ruby>	**烏賊** <ruby>烏賊<rt>いか</rt></ruby>	**いくら**
a.na.go 星鰻	i.ka 花枝	i.ku.ra 鮭魚卵
鰯 <ruby>鰯<rt>いわし</rt></ruby>	**うに**	**海老** <ruby>海老<rt>えび</rt></ruby>
i.wa.shi 沙丁魚	u.ni 海膽	e.bi 蝦子
縁側 <ruby>縁側<rt>えんがわ</rt></ruby>	**大トロ** <ruby>大<rt>おお</rt></ruby>トロ	**かき**
e.n.ga.wa 比目魚鰭邊肉	o.o.to.ro 大鮪魚肚肉	ka.ki 牡蠣
白子 <ruby>白子<rt>しらこ</rt></ruby>	**鯛** <ruby>鯛<rt>たい</rt></ruby>	**桜海老** <ruby>桜海老<rt>さくらえび</rt></ruby>
shi.ra.ko 鱈魚精巣	ta.i 鯛魚	sa.ku.ra.e.bi 櫻花蝦

玉子
ta.ma.go
日式煎蛋

しゃこ
sha.ko
蝦蛄

中トロ
chu.u.to.ro
中鮪魚肚肉

つぶ貝
tsu.bu.ga.i
螺貝

鳥貝
to.ri.ga.i
鳥貝

葱とろ
ne.gi.to.ro
蔥花鮪魚

平目
hi.ra.me
比目魚

ホタテ
ho.ta.te
扇貝

ミル貝
mi.ru.ga.i
象拔蚌

蟹みそ
ka.ni.mi.so
蟹膏

鰤
bu.ri
鰤魚（青甘）

サーモン
sa.a.mo.n
鮭魚

芽ねぎ
me.ne.gi
芽蔥

お茶
o cha
茶

ガリ
ga.ri
醋薑

さび抜きでお願いします。
sa.bi.nu.ki de o ne.ga.i shi.ma.su
請別加芥末。

※ 雖然芥末的日語是「わさび」，但一般不要芥末時都
　會簡稱為「さび抜き」。

わさびを ［　　　　］ にしてください。

wa.sa.bi o ［　　　　］ ni shi.te ku.da.sa.i

芥末請放 ［　　　　］ 。

不會說的
時候比這裡

すく
少なめ
su.ku.na.me
少一點

おお
多め
o.o.me
多一點

☆★旅遊小補帖

怎麼吃壽司才漂亮？

　　壽司料理源起於路邊攤，所以沒什麼繁文縟節，用手吃、用筷子吃都無所謂。不過常看到有些朋友夾壽司時，飯與配料常會散開，更糟的是沾了醬油之後，整個醬油碟子掉滿了飯粒。如果要吃得漂亮，可把壽司的一邊倒向側方，再夾起來沾醬油，至於軍艦類的壽司，可利用醋薑沾醬油來食用。

①先把壽司倒向一邊。

②再以配料沾醬油。

③軍艦類壽司可利用
　醋薑來沾醬油。

ラーメン　ra.a.me.n；拉麵

▢▢▢▢▢をください。

▢▢▢▢ o ku.da.sa.i

請給我 ▢▢▢▢ 。

不會説的
時候比這裡

　ラーメン （< ra.a.me.n >；拉麵 ）

塩ラーメン

shi.o ra.a.me.n
鹽味拉麵

しょう油ラーメン

sho.o.yu ra.a.me.n
醬油拉麵

味噌ラーメン

mi.so ra.a.me.n
味噌拉麵

豚骨ラーメン

to.n.ko.tsu ra.a.me.n
豬骨拉麵

チャーシューメン

cha.a.shu.u me.n
叉燒麵

五目ラーメン

go.mo.ku ra.a.me.n
什錦拉麵

つけ麺

tsu.ke me.n
沾麵

冷やし中華

hi.ya.shi chu.u.ka
中華涼麵

タンタンメン

ta.n.ta.n me.n
担担麵

美食篇

その他（< so.no ta >；其他）

不會説的
時候比這裡

かえだま
替玉

ka.e.da.ma

追加麵

や ぎょうざ
焼き餃子

ya.ki.gyo.o.za

煎餃

はん
ご飯

go.ha.n

白飯

トッピング（< to.p.pi.n.gu >；配料）

不會説的
時候比這裡

ねぎ
葱

ne.gi

葱

チャーシュー

cha.a.shu.u

叉燒

のり

no.ri

海苔

たま ご
ゆで玉子

yu.de ta.ma.go

白煮蛋

あじたま
味玉

a.ji ta.ma

滷蛋

べにしょう が
紅生姜

be.ni sho.o.ga

紅薑

きくらげ

ki.ku.ra.ge

木耳

メンマ

me.n.ma

筍乾

			でお願いします。
			ねが
			_____ de o ne.ga.i shi.ma.su
			麻煩你 _____ 的。

不會説的
時候比這裡

りょう **量**	なみもり **並盛**	おおもり **大盛**	とくもり **特盛**
ryo.o	na.mi.mo.ri	o.o.mo.ri	to.ku.mo.ri
量	普通量	大碗	特大碗

めん かた **麺の硬さ**	**かため**	ふ つう **普通**	やわ **柔らかめ**
me.n no ka.ta.sa	ka.ta.me	fu.tsu.u	ya.wa.ra.ka.me
麵的硬度	稍硬	普通	稍軟

しゅるい **種類**	ほそめん **細麺**	ふとめん **太麺**	めん **ちぢれ麺**
shu.ru.i	ho.so me.n	fu.to me.n	chi.ji.re me.n
種類	細麵	粗麵	捲麵

美食篇

☆★旅遊小補帖

擔心在拉麵店吃不飽嗎？
追加麵就好啦！

食量大的朋友，一碗拉麵勢必無法滿足，如果再點一碗，又擔心麵湯喝不了那麼多，這時候可以點「替玉」（＜ka.e.da.ma＞；追加麵），自行加入麵碗即可。以一蘭拉麵的「替玉」為例，只需 160 日圓，經濟實惠。不過可別忘記留下麵湯喔，否則就得吃乾麵啦（一般不會追加麵湯）。

色々な料理を楽しむ

い ろ い ろ りょう り たの

i.ro.i.ro.na ryo.o.ri o ta.no.shi.mu
盡享各種美食

MP3
30

そば so.ba ；蕎麥麵

□□□□□□ をください。

□□□□□□ o ku.da.sa.i

請給我 □□□□□□ 。

不會説的
時候比這裡

わかめそば
wa.ka.me so.ba
裙帶菜蕎麥麵

山菜そば
さんさい

sa.n.sa.i so.ba
山菜蕎麥麵

鴨南蛮そば
かもなんばん

ka.mo.na.n.ba.n so.ba
鴨肉南蠻蕎麥麵

かけそば
ka.ke so.ba
蕎麥湯麵

なめこそば
na.me.ko so.ba
滑菇蕎麥麵

ざるそば
za.ru so.ba
笊籬蕎麥麵

きつねそば
ki.tsu.ne so.ba
滷豆皮蕎麥麵

たぬきそば
ta.nu.ki so.ba
油渣蕎麥麵

月見そば
つき み

tsu.ki.mi so.ba
月見蕎麥麵（雞蛋蕎麥麵）

山かけそば
やま

ya.ma.ka.ke so.ba
山藥泥蕎麥麵

天ぷらそば
te.n.pu.ra so.ba
天婦羅蕎麥麵

そば湯
so.ba.yu
煮蕎麥麵水

清香健康的煮蕎麥麵水

許多日本的蕎麥麵專門店在客人用完像笊籬蕎麥麵等沒有湯汁的蕎麥麵之後，會提供一壺煮蕎麥麵的「そば湯」，這蕎麥麵水風味清香，對身體也很好，若店家沒主動提供，也可以免費索取。怎麼喝？把蕎麥麵水倒入沾麵的醬汁杯中一起喝即可（若擔心太鹹，把醬汁倒入壺中亦可）。

MP3
31

うどん u.do.n；烏龍麺

　　　　　をください。

　　　　　o ku.da.sa.i

請給我 　　　　　。

不會說的
時候比這裡

わかめうどん

wa.ka.me u.do.n
裙帶菜烏龍麺

かけうどん

ka.ke u.do.n
烏龍湯麺

きつねうどん

ki.tsu.ne u.do.n
滷豆皮烏龍麺

天ぷらうどん
てん

te.n.pu.ra u.do.n
天婦羅烏龍麺

とろろ昆布うどん
こん ぶ

to.ro.ro ko.n.bu u.do.n
昆布絲烏龍麺

力うどん
ちから

chi.ka.ra u.do.n
年糕烏龍麺

ぶっかけうどん

bu.k.ka.ke u.do.n
醬汁拌烏龍涼麺

カレーうどん

ka.re.e u.do.n
咖哩烏龍麺

月見うどん
つき み

tsu.ki.mi u.do.n
月見烏龍麺（雞蛋烏龍麺）

山菜うどん
さんさい

sa.n.sa.i u.do.n
山菜烏龍麺

鍋焼きうどん

na.be.ya.ki u.do.n

鍋燒烏龍麵

肉うどん

ni.ku u.do.n

牛（豬）肉烏龍麵

平價實惠自助烏龍麵

　　近年來日本便宜實惠的自助式烏龍麵越來越盛行，只要一枚 500 日圓硬幣，就能享受豐盛的一餐。購餐方式很簡單只要拿著餐盤，按點餐、取餐、結帳的順序前進即可。最吸引人的是，除了烏龍麵之外，還有各式天婦羅、飯糰和豆皮壽司可供點選，建議大家在點烏龍麵時點小的即可（一般有小、中、大三種大小，份量可是貨真價實的 1：2：3 喔）。

美食篇

いろいろ りょうり たの
色々な料理を楽しむ | i.ro.i.ro.na ryo.o.ri o ta.no.shi.mu
盡享各種美食

MP3
32

い ざ か や りょう り
居酒屋料理 i.za.ka.ya ryo.o.ri；居酒屋料理

☐ をください。

☐ o ku.da.sa.i

請給我 ☐ 。

の もの
飲み物（< no.mi.mo.no >；飲料）

不會説的
時候比這裡

なま
生ビール

na.ma.bi.i.ru
生啤酒

くろなま
黒生

ku.ro.na.ma
黑生啤酒

に ほんしゅ
日本酒

ni.ho.n.shu
日本酒

しょうちゅう
焼酎

sho.o.chu.u
燒酒

うめしゅ
梅酒

u.me.shu
梅酒

カクテル

ka.ku.te.ru
雞尾酒

ワイン

wa.i.n
葡萄酒

サワー

sa.wa.a
沙瓦

ソフトドリンク

so.fu.to do.ri.n.ku
不含酒精的軟飲料

日本居酒屋常見的酒類喝法

日本酒和燒酒的品牌繁不勝數，就連喝法也可視天氣或個人的酒量、喜好做如下的變化，不清楚怎麼喝的朋友，可以參考看看喔。

日本酒 (< ni.ho.n.shu > ；日本酒)

冷酒
re.e.shu
冷酒

熱燗
a.tsu.ka.n
熱酒

燒酎 (< sho.o.chu.u > ；燒酒)

ロック	**水割り**	**お湯割り**	**ソーダ割り**
ro.k.ku	mi.zu wa.ri	o yu wa.ri	so.o.da wa.ri
加冰塊	加水	加熱開水	加汽水

不會說的時候比這裡

おつまみ (< o tsu.ma.mi > ；下酒小菜)

枝豆
e.da.ma.me
毛豆

塩キャベツ
shi.o kya.be.tsu
鹽醬高麗菜

たこわさび
ta.ko wa.sa.bi
章魚山葵

美食篇

☆★旅遊小補帖

居酒屋不點自來的小菜可以退嗎？

　　一進日本的居酒屋，只要坐定下來，侍者會請你先點飲料，並端上一份不點自來的「お通し」（＜o to.o.shi＞；小菜），這份小菜並不是免費招待，主要的目的是讓顧客在等候上菜的空檔，可以用來配酒。如果不想要可以退嗎？建議大家出門在外還是入境隨俗，這是日本居酒屋長久以來的習慣，就當作是給店員的服務費囉。

警語：お酒は 20 歳になってから。

（＜o sa.ke wa ha.ta.chi ni na.t.te ka.ra＞；未成年請勿飲酒）

不會說的
時候比這裡

刺身（＜sa.shi.mi＞；生魚片）

刺身盛り合わせ
sa.shi.mi mo.ri.a.wa.se
綜合生魚片

貝刺盛り合わせ
ka.i.sa.shi mo.ri.a.wa.se
生綜合貝類

馬刺し
ba.sa.shi
生馬肉

さんまの姿造り
sa.n.ma no su.ga.ta zu.ku.ri
整尾秋刀魚刺身

生ガキ
na.ma ga.ki
生蠔

つぶ貝の活造り
tsu.bu.ga.i no i.ki.zu.ku.ri
現宰螺貝刺身

串焼き （< ku.shi.ya.ki >；串烤）

串焼き盛り合わせ
ku.shi.ya.ki mo.ri.a.wa.se
綜合串烤

つくね
tsu.ku.ne
肉丸

手羽先
te.ba.sa.ki
雞翅膀

やげん軟骨
ya.ge.n na.n.ko.tsu
雞胸軟骨

レバー
re.ba.a
肝（雞肝）

鶏皮
to.ri ka.wa
雞皮

ぼんじり
bo.n.ji.ri
雞屁股

鶏ねぎま串
to.ri ne.gi.ma gu.shi
雞肉蔥串

鶏もも
to.ri mo.mo
雞腿肉

ししとう
shi.shi.to.o
綠色小甜椒

砂肝
su.na.gi.mo
雞胗

ささみ
sa.sa.mi
雞柳

美食篇

不會説的
時候比這裡

くし あ
串揚げ（< ku.shi.a.ge >；炸串）

くし あ も あ
串揚げ盛り合わせ
ku.shi.a.ge mo.ri.a.wa.se
綜合炸串

たまご
うずらの卵
u.zu.ra no ta.ma.go
鵪鶉蛋

えび
海老
e.bi
蝦子

しいたけ
shi.i.ta.ke
香菇

不會説的
時候比這裡

あげもの
揚物（< a.ge.mo.no >；炸物）

なんこつ からあげ
軟骨の唐揚
na.n.ko.tsu no ka.ra.a.ge
炸軟骨

とり からあげ
鶏の唐揚
to.ri no ka.ra.a.ge
炸雞肉

てん も あ
天ぷら盛り合わせ
te.n.pu.ra mo.ri.a.wa.se
綜合天婦羅

不會説的
時候比這裡

サラダ（< sa.ra.da >；沙拉）

かいせん
海鮮サラダ
ka.i.se.n sa.ra.da
海鮮沙拉

シーザーサラダ
shi.i.za.a sa.ra.da
凱薩沙拉

グリーンサラダ
gu.ri.i.n sa.ra.da
以綠色蔬菜為主的沙拉

冷やしトマト
hi.ya.shi to.ma.to
冰鎮番茄

不會説的時候比這裡

焼物 (< ya.ki.mo.no > ；烤物)

焼きししゃも
ya.ki shi.sha.mo
烤柳葉魚

焼きハマグリ
ya.ki ha.ma.gu.ri
烤蛤

マグロのかま焼き
ma.gu.ro no ka.ma.ya.ki
烤鮪魚下巴

ほっけの網焼き
ho.k.ke no a.mi.ya.ki
網烤花鯽魚

サザエのつぼ焼き
sa.za.e no tsu.bo.ya.ki
烤蠑螺

いかの姿焼き
i.ka no su.ga.ta.ya.ki
烤整尾花枝

つぶ貝のバター焼き
tsu.bu.ga.i no ba.ta.a.ya.ki
烤奶油螺貝

鮎の塩焼き
a.yu no shi.o.ya.ki
烤香魚

烏賊の一夜干し
i.ka no i.chi.ya.bo.shi
烤花枝一夜干

美食篇

不會説的
時候比這裡

ご飯（ < go.ha.n > ；飯類）
はん

おにぎり

o.ni.gi.ri

飯糰

焼きおにぎり
や

ya.ki o.ni.gi.ri

烤飯糰

お茶漬け
ちゃ づ

o cha.zu.ke

茶泡飯

チャーハン

cha.a.ha.n

炒飯

不會説的
時候比這裡

その他（ < so.no ta > ；其他）
た

玉子焼
たま ご やき

ta.ma.go.ya.ki

日式煎蛋

もつ煮
に

mo.tsu.ni

滷內臟

あさりの酒蒸し
さか む

a.sa.ri no sa.ka.mu.shi

酒蒸海瓜子

ミミガー

mi.mi.ga.a

豬耳朵醋物

かき酢
す

ka.ki.su

牡蠣醋物

メバルの煮付け
にっ

me.ba.ru no ni.tsu.ke

滷平鮋（石狗公）

116

おすすめの 　　　　　 はありませんか。

o su.su.me no 　　　　　 wa a.ri.ma.se.n ka

有推薦的 　　　　　 嗎？

不會説的
時候比這裡

日本酒

ni.ho.n.shu

日本酒

焼酎

sho.o.chu.u

燒酒

刺身

sa.shi.mi

生魚片

おつまみ

o tsu.ma.mi

下酒小菜

色々な料理を楽しむ
いろいろ りょう り たの

i.ro.i.ro.na ryo.o.ri o ta.no.shi.mu
盡享各種美食

MP3
33

鍋料理
なべりょう り

na.be.ryo.o.ri；火鍋料理

☐☐☐☐☐ をください。

☐☐☐☐☐ o ku.da.sa.i

請給我 ☐☐☐☐☐ 。

不會説的
時候比這裡

しゃぶしゃぶ

sha.bu.sha.bu
涮涮鍋

すき焼き
や

su.ki.ya.ki
壽喜燒

ちゃんこ鍋
なべ

cha.n.ko na.be
相撲鍋

もつ鍋
なべ

mo.tsu na.be
內臟鍋

おでん

o.de.n
關東煮

寄せ鍋
よ なべ

yo.se na.be
綜合海鮮鍋

どじょう鍋
なべ

do.jo.o na.be
泥鰍鍋

かき鍋
なべ

ka.ki na.be
牡蠣鍋

柳川鍋
やながわなべ

ya.na.ga.wa na.be
泥鰍牛蒡鍋

鍋のだしはどうなさいますか。

na.be no da.shi wa do.o na.sa.i.ma.su ka

火鍋的高湯要哪一種？

各式各樣的湯底

　　日本有很多涮涮鍋吃到飽的專門店，而且有不少湯底可供選擇，一般來說，比較特別的高湯底或加湯時會酌收 100 日圓以上不等的價錢。至於「つけだれ」（＜tsu.ke.da.re＞；沾醬），則以「ポン酢」（＜po.n.zu＞；香橙醋）和「ごまだれ」（＜go.ma.da.re＞；芝麻醬）這 2 種口味為主。此外，口味清爽的香橙醋還可以放「大根おろし」（＜da.i.ko.n o.ro.shi＞；蘿蔔泥）或「もみじおろし」（＜mo.mi.ji o.ro.shi＞；和辣椒一起磨成的蘿蔔泥）來變換口味喔。

＿＿＿＿＿でお願いします。

＿＿＿＿＿ de o ne.ga.i shi.ma.su

我要 ＿＿＿＿＿ 。

不會說的時候比這裡

昆布だし	豆乳だし	豚骨だし
ko.n.bu da.shi	to.o.nyu.u da.shi	to.n.ko.tsu da.shi
昆布高湯	豆漿高湯	豬骨高湯

地鶏塩だし	チゲ	味噌だし
ji.do.ri shi.o da.shi	chi.ge	mi.so da.shi
土雞鹽味高湯	韓國泡菜高湯	味噌高湯

美食篇

色々な料理を楽しむ
いろいろ りょうり たの

i.ro.i.ro.na ryo.o.ri o ta.no.shi.mu
盡享各種美食

カレーだし	みぞれだし
ka.re.e da.shi	mi.zo.re da.shi
咖哩高湯	白蘿蔔泥高湯

をもう1皿ください。
ひとさら

　　　　　　o mo.o hi.to.sa.ra ku.da.sa.i

請再給我一盤 　　　　　　。

不會說的
時候比這裡

豚肉
ぶたにく
bu.ta.ni.ku
豬肉

牛肉
ぎゅうにく
gyu.u.ni.ku
牛肉

マトン
ma.to.n
羊肉

豆腐
とう ふ
to.o.fu
豆腐

白菜
はくさい
ha.ku.sa.i
白菜

えのき茸
だけ
e.no.ki.da.ke
金針菇

しいたけ
shi.i.ta.ke
香菇

しめじ
shi.me.ji
鴻喜菇

定食 <small>ていしょく</small> te.e.sho.ku；定食

┌────────┐
│   │ をください。
└────────┘

┌────────┐
│   │ o ku.da.sa.i
└────────┘

不會説的
時候比這裡

請給我 ┌────────┐ 。
        └────────┘

刺身定食 <small>さしみ ていしょく</small>

sa.shi.mi te.e.sho.ku
生魚片定食

天ぷら定食 <small>てん ていしょく</small>

te.n.pu.ra te.e.sho.ku
天婦羅定食

トンカツ定食 <small>ていしょく</small>

to.n.ka.tsu te.e.sho.ku
炸豬排定食

日替わり定食 <small>ひ が ていしょく</small>

hi.ga.wa.ri te.e.sho.ku
每日定食

生姜焼き定食 <small>しょう が や ていしょく</small>

sho.o.ga.ya.ki te.e.sho.ku
薑汁豬肉定食

焼き魚定食 <small>や ざかていしょく</small>

ya.ki.za.ka.na te.e.sho.ku
烤魚定食

┌────────┐
│   │ 付きでお願いします。 <small>つ ねが</small>
└────────┘

┌────────┐
│   │ tsu.ki de o ne.ga.i shi.ma.su
└────────┘

不會説的
時候比這裡

我要附 ┌────────┐ 。
        └────────┘

ドリンク

do.ri.n.ku
飲料

デザート

de.za.a.to
點心

美食篇

はん か ねが
ご飯のお代わりをお願いします。
go.ha.n no o ka.wa.ri o o ne.ga.i shi.ma.su
我要再添一碗白飯。

☆★旅遊小補帖

豪華版定食——御膳

一般來說有一樣主菜、副菜、
醬瓜和湯類就可稱為定食，含二樣以
上的主菜、數種小菜，就稱之為「御
ぜん
膳」（< go.ze.n >；御膳），也就是
定食的豪華版囉。

丼物 do.n.mo.no；蓋飯

☐☐☐☐☐ をください。

☐☐☐☐☐ o ku.da.sa.i

請給我 ☐☐☐☐☐ 。

不會說的
時候比這裡

親子丼
o.ya.ko do.n
親子蓋飯（雞肉雞蛋蓋飯）

鰻丼
u.na do.n
鰻魚蓋飯

海鮮丼
ka.i.se.n do.n
海鮮蓋飯

カツ丼
ka.tsu do.n
炸豬排蓋飯

牛丼
gyu.u do.n
牛肉蓋飯

豚丼
bu.da do.n
豬肉蓋飯

天丼
te.n do.n
天婦羅蓋飯

鮪とアボカドのどんぶり
ma.gu.ro to a.bo.ka.do no do.n.bu.ri
鮪魚和酪梨的蓋飯

美食篇

123

　　　　　　　　　　　　　　　　ねが
┌──────┐付きのセットでお願いします。
└──────┘tsu.ki no se.t.to de o ne.ga.i shi.ma.su

我要附 ┌──────┐ 的套餐。

不會説的
時候比這裡

サラダ
sa.ra.da
沙拉

お新香
しんこう
o shi.n.ko.o
醬菜

みそしる
味噌汁
mi.so.shi.ru
味噌湯

キムチ
ki.mu.chi
泡菜

　はん　　　　　　　　　　　　ねが
ご飯は ┌──────┐ でお願いします。
go.ha.n wa └──────┘ de o ne.ga.i shi.ma.su

麻煩你白飯 ┌──────┐ 的 。

不會説的
時候比這裡

おおもり
大盛
o.o.mo.ri
大碗

なみもり
並盛
na.mi.mo.ri
普通碗

こもり
小盛
ko.mo.ri
小碗

お好み焼 <ruby>こ<rt></rt></ruby><ruby>の<rt></rt></ruby> <ruby>や<rt></rt></ruby><ruby>き<rt></rt></ruby> o.ko.no.mi.ya.ki ；什錦燒

　　　　　をください。

　　　　　o ku.da.sa.i

請給我 　　　　　。

不會説的
時候比這裡

豚玉 ぶた たま
bu.ta ta.ma
豬肉加蛋

烏賊玉 いか たま
i.ka ta.ma
花枝加蛋

たこ玉 たま
ta.ko ta.ma
章魚加蛋

すじ玉 たま
su.ji ta.ma
牛筋加蛋

チーズ玉 たま
chi.i.zu ta.ma
起士加蛋

豚キムチ ぶた
bu.ta ki.mu.chi
豬肉泡菜

ミックス玉 たま
mi.k.ku.su ta.ma
綜合加蛋

スペシャル玉 たま
su.pe.sha.ru ta.ma
豪華特製加蛋

美食篇

如何製作美味的什錦燒

① 鐵板燒熱後，放上適量的油。

② 將材料充分攪拌，舖放在鐵板上（高度約 2 公分）。

③ 如果有豬肉的話，料舖好之後再排放上去。

④ 煎烤約 3 分鐘（材料周圍收乾）翻面。

⑤ 同樣再煎烤約 3 分鐘，煎烤途中切記不要用鍋鏟壓擠，以免
喪失鬆軟的口感。

⑥ 塗上醬汁（喜歡的話也可以塗上美乃
滋），再依序灑上柴魚片與青海苔粉
即可。

もんじゃ焼 <ruby>焼<rt>やき</rt></ruby> mo.n.ja.ya.ki；文字燒

☐☐☐☐☐ をください。

☐☐☐☐☐ o ku.da.sa.i

請給我 ☐☐☐☐☐ 。

不會説的
時候比這裡

昔もんじゃ <ruby>昔<rt>むかし</rt></ruby>

mu.ka.shi mo.n.ja
古早文字燒
（早期只有基本配料的文字燒）

明太子 <ruby>明太子<rt>めんたいこ</rt></ruby>

me.n.ta.i.ko
明太子

烏賊 <ruby>烏賊<rt>いか</rt></ruby>

i.ka
花枝

シーフード

shi.i.fu.u.do
海鮮

※ 一般來説，不論是文字燒還是什錦燒，多採桌上自助烹調方式，如果對自己的手藝
沒自信，跟店員説「<ruby>作<rt>つく</rt></ruby>ってもらえますか」（< tsu.ku.t.te mo.ra.e.ma.su ka >；可以幫
我做嗎）即可。

☆★旅遊小補帖

如何製作美味的文字燒
①鐵板燒熱後，放上適量的油。
②將材料舖放在鐵板上，湯汁留下備用。
③用鍋鏟將材料切碎並炒勻。
④熟後將材料圍成一個甜甜圈的形狀。
⑤將備用的湯汁倒入正中央。
⑥滾後拌勻即可。

美食篇

いろいろ りょうり たの
色々な料理を楽しむ | i.ro.i.ro.na ryo.o.ri o ta.no.shi.mu
盡享各種美食

MP3
38

やきにく
焼肉 ya.ki.ni.ku；日式燒肉

⬚⬚⬚⬚⬚をください。

⬚⬚⬚⬚⬚ o ku.da.sa.i

請給我 ⬚⬚⬚⬚⬚ 。

不會説的
時候比這裡

にくるい
肉類（＜ni.ku.ru.i＞；肉類）

カルビ
ka.ru.bi
牛五花

ハラミ
ha.ra.mi
牛腹胸肉

タン
ta.n
牛舌

ロース
ro.o.su
牛里肌肉

じ どり にく
地鶏のもも肉
ji.do.ri no mo.mo.ni.ku
土雞腿肉

ピートロ
pi.i.to.ro
松坂豬肉

不會説的
時候比這裡

ホルモン（＜ho.ru.mo.n＞；內臟）

ミックス
mi.k.ku.su
綜合

じょう
上ミノ
jo.o.mi.no
上等毛肚

レバー

re.ba.a

（牛）肝

こぶちゃん

ko.bu.cha.n

牛小腸

※一般日式燒肉店若無特別註明，所提供的菜單多為牛肉。

でお願いします。

＿＿＿＿ de o ne.ga.i shi.ma.su

我要 ＿＿＿＿ 。

不會說的
時候比這裡 **たれ** (< ta.re > ；醃醬)

塩

shi.o

鹽醬

たれ

ta.re

燒烤醬

葱塩

ne.gi shi.o

鹽葱醬

味噌

mi.so

味噌醬

不會說的
時候比這裡 **野菜** (< ya.sa.i > ；蔬菜)

野菜盛り

ya.sa.i mo.ri

綜合蔬菜盤

サンチュ

sa.n.chu

韓國西生菜

ナムル

na.mu.ru

韓國拌菜

チョレギサラダ

cho.re.gi sa.ra.da

韓式沙拉

いろいろ りょうり たの
色々な料理を楽しむ
i.ro.i.ro.na ryo.o.ri o ta.no.shi.mu
盡享各種美食

きのこのバター焼き
ki.no.ko no ba.ta.a.ya.ki
奶油烤綜合菇類

オイキムチ
o.i.ki.mu.chi
小黃瓜泡菜

キムチ
ki.mu.chi
泡菜

カクテキ
ka.ku.te.ki
白蘿蔔泡菜

不會説的
時候比這裡

た
その他 (＜so.no ta＞；其他)

ホタテのバター焼き
ho.ta.te no ba.ta.a.ya.ki
奶油烤扇貝

にんにく焼き
ni.n.ni.ku.ya.ki
烤蒜頭

ウインナー
wu.i.n.na.a
西式香腸

クッパ
ku.p.pa
韓國泡飯

チゲ
chi.ge
韓國泡菜鍋

スンドゥブ
su.n.du.bu
韓國豆腐鍋

サムゲタン
sa.mu.ge.ta.n
蔘雞湯

れいめん
冷麺
re.e.me.n
韓國冷麵

石焼きビビンバ

i.shi.ya.ki bi.bi.n.ba
石鍋拌飯

換張烤網更健康！

　　需要更換烤網可説「網を替えてください」（＜a.mi o ka.e.te ku.da.sa.i＞；請幫我換烤網）。在日本大部份都可免費更換烤網，不過也有一些店家收費，要確認是否收費可説「網替えは有料ですか」（＜a.mi.ga.e wa yu.u.ryo.o de.su ka＞；換烤網要收費嗎）即可。

いろいろ　りょうり　たの

MP3
39

ようしょく
洋食 yo.o.sho.ku；洋食

```
┌──────────┐
│          │をください。
└──────────┘
┌──────────┐
│          │o ku.da.sa.i
└──────────┘
```

請給我 ┌──────────┐ 。

不會説的
時候比這裡

エビフライ
e.bi fu.ra.i
炸蝦

オムライス
o.mu.ra.i.su
蛋包飯

カキフライ
ka.ki fu.ra.i
炸牡蠣

カレーライス
ka.re.e ra.i.su
咖哩飯

グラタン
gu.ra.ta.n
奶油焗烤

クリームシチュー
ku.ri.i.mu shi.chu.u
奶油濃湯

コロッケ
ko.ro.k.ke
可樂餅

スパゲッティ
su.pa.ge.t.ti
義大利麵

ドリア
do.ri.a
奶油焗飯

ハヤシライス
ha.ya.shi ra.i.su
日式燉牛肉飯

ビーフシチュー

bi.i.fu shi.chu.u
牛肉濃湯

ローストビーフ

ro.o.su.to bi.i.fu
烤牛肉

◯◯◯◯はどちらになさいますか。

◯◯◯◯ wa do.chi.ra ni na.sa.i.ma.su ka

您要選哪一種 ◯◯◯◯ ？

不會説的時候比這裡

サラダ

sa.ra.da
沙拉

お飲み物

o no.mi.mo.no
飲料

デザート

de.za.a.to
甜點

☆★旅遊小補帖

怎麼追加甜點？

日本洋食多附有沙拉、飲料或甜點。雖然有些餐廳必須另外加價，但大致上都比單點便宜很多，若想另外加點，可用「～付きでお願いします」（<～ tsu.ki de o ne.ga.i shi.ma.su >；我要另加～）來表達。

MP3
40

和風茶寮 wa.fu.u sa.ryo.o；和風茶寮

☐☐☐☐ をください。

☐☐☐☐ o ku.da.sa.i

請給我 ☐☐☐☐ 。

不會説的
時候比這裡

和菓子 (< wa.ga.shi >；和菓子)

あんみつ

a.n.mi.tsu
蜜豆

葛きり

ku.zu.ki.ri
葛粉條

葛餅

ku.zu.mo.chi
葛餅（用葛粉與砂糖製成的半透明和菓子，因看起來有清涼
感，日本人很喜歡在夏天享用。）

生菓子

na.ma.ga.shi
生和菓子（含水量較高的和菓子，如包有豆餡的麻糬或羊
羹等等）

蕨餅

wa.ra.bi.mo.chi
蕨餅（用蕨粉和砂糖製成的透明和菓子，一般會沾黃豆粉
和黑蜜食用）

桜餅
（さくらもち）

sa.ku.ra.mo.chi

櫻花麻糬

豆かん
（まめ）

ma.me.ka.n

蜜豌豆洋菜凍

柏餅
（かしわもち）

ka.shi.wa.mo.chi

柏餅（槲櫟葉包的麻糬）

豆大福
（まめだいふく）

ma.me.da.i.fu.ku

豆大福（糯米外皮攙有紅豌豆的紅豆沙麻糬）

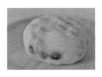

不會說的時候比這裡

飲み物
（の もの）（< no.mi.mo.no >；飲料）

抹茶（まっちゃ）	綠茶（りょくちゃ）	煎茶（せんちゃ）	ほうじ茶（ちゃ）
ma.c.cha	ryo.ku.cha	se.n.cha	ho.o.ji.cha
抹茶	綠茶	煎茶	焙茶

☆★旅遊小補帖

和洋融合的「和風 Café」

　　除了虎屋、都路里、梅園這些老字號的和風茶寮，近年來日本也流行像「nana's green tea」這種融合西式 Café 要素的和風 Café，不僅價格更為親民，也提供營養均衡的簡餐，若想歇腳補充元氣，和風 Café 也是不錯的選擇。

いろいろ りょうり たの
色々な料理を楽しむ | i.ro.i.ro.na ryo.o.ri o ta.no.shi.mu
盡享各種美食

カフェ ka.fe；咖啡廳

☐☐☐をください。

☐☐☐ o ku.da.sa.i

請給我 ☐☐☐ 。

不會説的
時候比這裡

スイーツ（< su.i.i.tsu >；甜點）

パフェ
pa.fe
聖代

クレープ
ku.re.e.pu
可麗餅

ワッフル
wa.f.fu.ru
格子鬆餅

ショートケーキ
sho.o.to ke.e.ki
草莓奶油蛋糕

ミルフィーユ
mi.ru.fi.i.yu
千層派

タルト
ta.ru.to
塔

モンブラン
mo.n.bu.ra.n
蒙布朗

クレームブリュレ
ku.re.e.mu bu.ryu.re
焦糖烤布蕾

ババロア
ba.ba.ro.a
巴巴露亞

飲み物 （＜ no.mi.mo.no ＞；飲料）

ブレンドコーヒー

bu.re.n.do ko.o.hi.i
特調咖啡

カフェラテ

ka.fe ra.te
拿鐵

カプチーノ

ka.pu.chi.i.no
卡布奇諾

エスプレッソ

e.su.pu.re.s.so
濃縮咖啡

ハーブティー

ha.a.bu ti.i
花草茶

キャラメル マキアート

kya.ra.me.ru ma.ki.a.a.to
焦糖瑪奇朵

抹茶ラテ

ma.c.cha ra.te
抹茶拿鐵

ロイヤル ミルクティー

ro.i.ya.ru mi.ru.ku.ti.i
皇家奶茶

カフェモカ

ka.fe mo.ka
摩卡咖啡

※ 若要表示冰的或熱的，在飲料名前加上「アイス」（＜ a.i.su ＞；冰）、「ホット」（＜ ho.t.to ＞；熱）即可。

美食篇

色々な料理を楽しむ
いろいろ　りょうり　たの

i.ro.i.ro.na ryo.o.ri o ta.no.shi.mu
盡享各種美食

MP3 42

ファーストフード　fa.a.su.to fu.u.do；速食

店内でお召し上がりですか。
てんない　め　あ

te.n.na.i de o me.shi.a.ga.ri de.su ka
請問在店內用嗎？

はい。
ha.i
是的。

いいえ、持ち帰りで。
も　かえ

i.i.e mo.chi.ka.e.ri de
不，帶走。

　　　　　をください。

　　　　　o ku.da.sa.i

請給我　　　　　。

不會說的
時候比這裡

ハンバーガー　(ha.n.ba.a.ga.a >；漢堡)

チーズバーガー

chi.i.zu ba.a.ga.a
起士漢堡

海老バーガー
えび

e.bi ba.a.ga.a
蝦肉漢堡

チキンバーガー

chi.ki.n ba.a.ga.a
香雞堡

フィッシュバーガー

fi.s.shu ba.a.ga.a
魚肉漢堡

サイドメニュー （< sa.i.do me.nyu.u >；副餐）

不會説的
時候比這裡

フライドポテト
fu.ra.i.do po.te.to
炸薯條

フライドチキン
fu.ra.i.do chi.ki.n
炸雞

チキンナゲット
chi.ki.n na.ge.t.to
炸雞塊

ドリンク （< do.ri.n.ku >；飲料）

不會説的
時候比這裡

コーラ
ko.o.ra
可樂

オレンジジュース
o.re.n.ji ju.u.su
柳橙汁

ミックスジュース
mi.k.ku.su ju.u.su
綜合果汁

ジンジャーエール
ji.n.ja.a.e.e.ru
薑汁汽水

シェイク
she.e.ku
奶昔

メロンソーダ
me.ro.n so.o.da
哈密瓜汽水

觀光娛樂篇

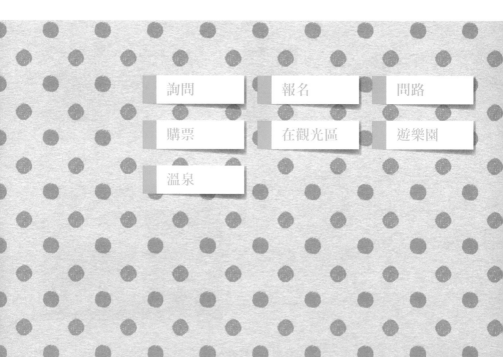

詢問	報名	問路
購票	在觀光區	遊樂園
溫泉		

MP3
43

たずねる ta.zu.ne.ru；詢問

をもらってもいいですか。

〔　　　〕 o mo.ra.t.te mo i.i de.su ka

我可以拿〔　　　〕嗎？

不會說的
時候比這裡

かんこうあんないじょ
観光案内所で（< ka.n.ko.o a.n.na.i.jo de >；在觀光諮詢中心）

・・・・・・・・・・・・・・・・・・・・・・・・・・・

あんない
案内パンフレット

a.n.na.i pa.n.fu.re.t.to
導覽手冊

かんこう ち ず
観光地図

ka.n.ko.o chi.zu
觀光地圖

じ こくひょう
時刻表

ji.ko.ku.hyo.o
時刻表

でんしゃ ろ せん ず
電車路線図

de.n.sha ro.se.n.zu
電車路線圖

・・・・・・・・・・・・・・・・・・・・・・・・・・・

ちゅうごく ご ばん
中国語版はありますか。
chu.u.go.ku.go ba.n wa a.ri.ma.su ka
有中文版嗎？

何^{なに}かおすすめの ⬚ はありますか。

na.ni ka o su.su.me no ⬚ wa a.ri.ma.su ka

有什麼推薦的 ⬚ 嗎？

不會説的時候比這裡

観光^{かんこう}スポット

ka.n.ko.o su.po.t.to

觀光景點

レストラン

re.su.to.ra.n

餐廳

おみやげ

o mi.ya.ge

土産

地元料理^{じ もとりょう り}

ji.mo.to ryo.o.ri

當地料理

宿泊^{しゅくはく}の予約^{よ やく}はまだ取^とっていないんですが、

おすすめの ⬚ はありますか。

shu.ku.ha.ku no yo.ya.ku wa ma.da to.t.te i.na.i n de.su ga

o su.su.me no ⬚ wa a.ri.ma.su ka

我住宿還沒預約，有推薦的 ⬚ 嗎？

不會説的時候比這裡

民宿^{みんしゅく}

mi.n.shu.ku

民宿

ホテル

ho.te.ru

飯店

温泉旅館^{おんせんりょかん}

o.n.se.n ryo.ka.n

溫泉旅館

觀光娛樂篇

MP3
44

申し込み
もう こ | mo.o.shi.ko.mi；報名

| ツアーはありますか。

|　　　tsu.a.a wa a.ri.ma.su ka

有 |　　　行程嗎？

不會説的
時候比這裡

日帰り
ひ がえ
hi.ga.e.ri
當天來回

半日の
はんにち
ha.n.ni.chi no
半天的

一泊二日の
いっぱくふつ か
i.p.pa.ku fu.tsu.ka no
兩天一夜的

登山
と ざん
to.za.n
登山

温泉
おんせん
o.n.se.n
溫泉

紅葉
こうよう
ko.o.yo.o
賞楓

お花見
はな み
o ha.na.mi
賞花

スキー
su.ki.i
滑雪

を見学するツアーはありますか。

＿＿＿ o ke.n.ga.ku.su.ru tsu.a.a wa a.ri.ma.su ka

有參觀 ＿＿＿ 的行程嗎？

不會説的
時候比這裡

神社 (じんじゃ)
ji.n.ja
神社

お寺 (てら)
o te.ra
寺廟

国会 (こっかい)
ko.k.ka.i
國會

皇居 (こうきょ)
ko.o.kyo
皇居

そのツアーはどこを回(まわ)りますか。
so.no tsu.a.a wa do.ko o ma.wa.ri.ma.su ka
那個行程繞哪些地方？

所要時間(しょようじかん)はどのくらいですか。
sho.yo.o ji.ka.n wa do.no ku.ra.i de.su ka
需要多少時間呢？

ツアー料金(りょうきん)に＿＿＿は含(ふく)まれていますか。

tsu.a.a ryo.o.ki.n ni ＿＿＿ wa fu.ku.ma.re.te i.ma.su ka

團費裡包括 ＿＿＿ 嗎？

不會説的
時候比這裡

食事料金(しょくじりょうきん)
sho.ku.ji ryo.o.ki.n
餐費

入場料(にゅうじょうりょう)
nyu.u.jo.o.ryo.o
入場費

觀光娯樂篇

にゅうよくりょう
入浴料

nyu.u.yo.ku.ryo.o
溫泉或公共澡堂的入浴費

ほ けんりょう
保険料

ho.ke.n.ryo.o
保險費

げん ち かいさん
現地解散できますか。
ge.n.chi ka.i.sa.n de.ki.ma.su ka
可以當地解散嗎？

さん か
このツアーに参加します。
ko.no tsu.a.a ni sa.n.ka.shi.ma.su
我要參加這個行程。

しゅうごう ば しょ
集合場所はどこですか。
shu.u.go.o ba.sho wa do.ko de.su ka
集合地點在哪裡？

なん じ
☐☐☐☐ は何時ですか。

☐☐☐☐ wa na.n.ji de.su ka

☐☐☐☐ 是什麼時候？

不會說的
時候比這裡

しゅうごう
集合

shu.u.go.o
集合

しゅっぱつ
出発

shu.p.pa.tsu
出發

かいさん
解散

ka.i.sa.n
解散

しょく じ
食事

sho.ku.ji
用餐

道をたずねる　mi.chi o ta.zu.ne.ru；問路

この地図だと今はどの辺りにいますか。
ko.no chi.zu da.to i.ma wa do.no a.ta.ri ni i.ma.su ka
就這個地圖來説，現在是在哪裡？

～に行きたいんですが、ここから ［　　　　　］ か。
～ ni i.ki.ta.i n de.su ga ko.ko ka.ra ［　　　　　］ ka
我想去～，離（從）這裡 ［　　　　　］ 嗎？

不會説的
時候比這裡

近いです	**遠いです**	**歩いて行けます**
chi.ka.i de.su	to.o.i de.su ka	a.ru.i.te i.ke.ma.su
近	遠	可以用走的

すぐそこですよ。
su.gu so.ko de.su yo
就在那裡喔。

歩いて～分ぐらいです。
a.ru.i.te ～ fu.n gu.ra.i de.su
走路大概～分鐘。

觀光娛樂篇

［　　　　　］ で行ったほうがいいですか。
［　　　　　］ de i.t.ta ho.o ga i.i de.su ka
搭 ［　　　　　］ 比較好嗎？

不會説的
時候比這裡

バス	**電車**	**地下鉄**
ba.su	de.n.sha	chi.ka.te.tsu
巴士	電車	地下鐵

～に行きたいんですが、どう行けばいいですか。
～ ni i.ki.ta.i n de.su ga do.o i.ke.ba i.i de.su ka
我想去～，怎麼去好呢？

いいですか。
i.i de.su ka
就可以了嗎？

不會說的
時候比這裡

まっすぐ行けば
ma.s.su.gu i.ke.ba
直走

右に曲がれば
mi.gi ni ma.ga.re.ba
向右轉

左に曲がれば
hi.da.ri ni ma.ga.re.ba
向左轉

1（2／3）つ目の角を曲がれば
hi.to(fu.ta/mi.t).tsu.me no ka.do o ma.ga.re.ba
在第一（二／三）個轉角轉彎

道路を渡れば
do.o.ro o wa.ta.re.ba
過馬路

引き返せば
hi.ki.ka.e.se.ba
往回走

ここに書いていただけませんか。
ko.ko ni ka.i.te i.ta.da.ke.ma.se.n ka
能不能請您幫我畫在這裡？

私もよくわからないんですが……。
wa.ta.shi mo yo.ku wa.ka.ra.na.i n de.su ga
我也不是很清楚……。

私も同じ方向なので、一緒に行きましょう。
wa.ta.shi mo o.na.ji ho.o.ko.o.na no.de i.s.sho ni i.ki.ma.sho.o
因為我也是同方向，一起走吧。

～は 建物か施設 の 方向、位置 にあります。

～ wa _____ no _____ ni a.ri.ma.su

～在 建築或設施 的 方向、位置 。

不會説的時候比這裡 建物（< ta.te.mo.no >；建築物）、施設（< shi.se.tsu >；設施）

信号 shi.n.go.o 紅綠燈	**横断歩道** o.o.da.n.ho.do.o 斑馬線	**陸橋** ri.k.kyo.o 天橋
交差点 ko.o.sa.te.n 交叉口	**橋** ha.shi 橋	**交番** ko.o.ba.n 派出所
踏切 fu.mi.ki.ri 平交道	**ビル** bi.ru 大樓	**コンビニ** ko.n.bi.ni 便利商店

ガソリンスタンド
ga.so.ri.n su.ta.n.do
加油站

ゆうびんきょく
郵便局
yu.u.bi.n.kyo.ku
郵局

ぎんこう
銀行
gi.n.ko.o
銀行

ゆうびん
郵便ポスト
yu.u.bi.n po.su.to
郵筒

でんちゅう
電柱
de.n.chu.u
電線桿

かんばん
看板
ka.n.ba.n
招牌

がいとう
街灯
ga.i.to.o
路燈

不會説的
時候比這裡

ほうこう
方向（＜ho.o.ko.o＞；方向）、位置（＜i.chi＞；位置）

ちか
近く
chi.ka.ku
附近

とな
隣り
to.na.ri
旁邊

む
向こう
mu.ko.o
對面

うら
裏
u.ra
後面

つ あた
突き当り
tsu.ki.a.ta.ri
盡頭

チケットを買う chi.ke.t.to o ka.u；購票

☐☐☐☐ はどこですか。

☐☐☐☐ wa do.ko de.su ka

☐☐☐☐ 在哪裡？

不會說的時候比這裡

チケット売り場
chi.ke.t.to u.ri.ba
售票處

入口
i.ri.gu.chi
入口

出口
de.gu.chi
出口

エレベーター
e.re.be.e.ta.a
電梯

サービスカウンター
sa.a.bi.su ka.u.n.ta.a
服務櫃檯

お忘れ物 承り所
o wa.su.re.mo.no
u.ke.ta.ma.wa.ri.jo
失物招領處

手荷物預かり所
te.ni.mo.tsu a.zu.ka.ri.jo
寄物處

まい
□□□ 〜枚をください。

□□□ 〜 ma.i o ku.da.sa.i

請給我 □□□ 〜張。

いろいろ
不會説的
時候比這裡 **色々なチケット** （< i.ro.i.ro.na chi.ke.t.to >；各式各樣的票券 ）

おとな **大人**	こ ども **子供**	よう じ **幼児**
o.to.na 全票	ko.do.mo 兒童票	yo.o.ji 幼童票

シニア	にゅうじょうけん **入場券**	にゅうえんけん **入園券**
shi.ni.a 老人票	nyu.u.jo.o.ke.n 入場券	nyu.u.e.n.ke.n 入園券

パスポート	や かん **夜間チケット**	り ようけん **利用券**
pa.su.po.o.to 通用券（護照）	ya.ka.n chi.ke.t.to 星光票	ri.yo.o.ke.n 使用券

の ものけん **乗り物券**	とうじつけん **当日券**	まえ う けん **前売り券**
no.ri.mo.no.ke.n 遊樂券（遊樂設施的使用券）	to.o.ji.tsu.ke.n 當日券	ma.e.u.ri.ke.n 預售票

かんこう ち
観光地で　ka.n.ko.o.chi de；在觀光區

```
┌─────────┐
│         │　いいですか。
├─────────┤
│         │　i.i de.su ka
└─────────┘
可以 ┌─────────┐ 嗎？
     └─────────┘
```

不會說的
時候比這裡

しゃしん　と
写真を撮っても
sha.shi.n o to.t.te mo
拍照

いっしょ　しゃしん　と
一緒に写真を撮っても
i.s.sho ni sha.shi.n o to.t.te mo
一起拍照

つか
フラッシュを使っても
fu.ra.s.shu o tsu.ka.t.te mo
使用鎂光燈

はい
また入っても
ma.ta ha.i.t.te mo
再入場

さんきゃく　つか
三脚を使っても
sa.n.kya.ku o tsu.ka.t.te mo
使用腳架

す
タバコを吸っても
ta.ba.ko o su.t.te mo
抽菸

公共場所常見的標語

下面介紹的是日本公共場所常見的各種提醒、禁止標示，注意一下，不僅能確保自身安全，也能做個受歡迎的觀光客喔。

しゃしんさつえいきん し **写真撮影禁止** sha.shi.n sa.tsu.e.e ki.n.shi 禁止拍照攝影	**フラッシュ禁止** きん し fu.ra.s.shu ki.n.shi 禁止使用鎂光燈
いんしょくきん し **飲食禁止** i.n.sho.ku ki.n.shi 禁止飲食	か き げんきん **火気厳禁** ka.ki.ge.n.ki.n 嚴禁菸火
ず じょうちゅう い **頭上注意** zu.jo.o chu.u.i 注意頭上	あしもとちゅう い **足元注意** a.shi.mo.to chu.u.i 注意腳步
たちいりきん し **立入禁止** ta.chi.i.ri ki.n.shi 禁止入內	さわ **触らないでください** sa.wa.ra.na.i.de ku.da.sa.i 請勿碰觸
す きん し **ポイ捨て禁止** po.i.su.te ki.n.shi 禁止亂丟垃圾	さくない はい **柵内に入らないでください** sa.ku.na.i ni ha.i.ra.na.i de ku.da.sa.i 請勿進入欄內
ふん ちゅう い **ハトの糞にご注意ください** ha.to no fu.n ni go chu.u.i ku.da.sa.i 請注意鴿子糞	きゃく さんきゃく し ようきん し **一脚、三脚使用禁止** i.k.kya.ku sa.n.kya.ku shi.yo.o ki.n.shi 禁止使用腳架

MP3 48

遊園地（ゆうえんち） yu.u.e.n.chi；遊樂園

[　　　] はいつからですか。

[　　　] wa i.tsu ka.ra de.su ka

[　　　] 是從什麼時候開始呢？

不會說的時候比這裡

入園（にゅうえん） nyu.u.e.n 入園	**パレード** pa.re.e.do 遊行	**開演**（かいえん） ka.i.e.n 開演
入場（にゅうじょう） nyu.u.jo.o 入場	**花火**（はなび） ha.na.bi 煙火	

このアトラクションは [　　　] 制限（せいげん）がありますか。

ko.no a.to.ra.ku.sho.n wa [　　　] se.e.ge.n ga a.ri.ma.su ka

這個遊樂設施有 [　　　] 的限制嗎？

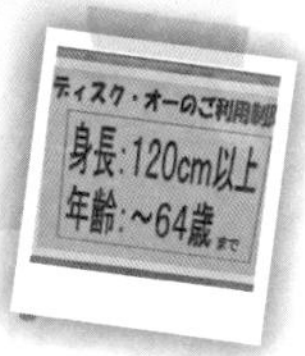

不會說的時候比這裡

身長（しんちょう） shi.n.cho.o 身高	**年齢**（ねんれい） ne.n.re.e 年齡	**体重**（たいじゅう） ta.i.ju.u 體重

[ ] はどこですか

[ ] wa do.ko de.su ka

[ ] 在哪裡？

不會説的
時候比這裡

かんらんしゃ
観覧車
ka.n.ra.n.sha
摩天輪

ば やしき
お化け屋敷
o ba.ke.ya.shi.ki
鬼屋

コーヒーカップ
ko.o.hi.i ka.p.pu
旋轉咖啡杯

ジェットコースター
je.t.to ko.o.su.ta.a
雲霄飛車

ぜっきょう
絶叫マシン
ze.k.kyo.o ma.shi.n
自由落體

ゴーカート
go.o.ka.a.to
賽車

ユーフォー
UFO キャッチャー
yu.u.fo.o kya.c.cha.a
抓娃娃機

メリーゴーランド
me.ri.i go.o.ra.n.do
旋轉木馬

☆★旅遊小補帖

日本的國定假日

　　和台灣一樣，日本要是碰到連休，特別是黃金週休（四月底五月初）、白銀週休（九月中下旬）或中元節（八月中旬）等大型連休，各處的商業設施和觀光勝地總是擠滿人潮，建議在安排旅程時列入考量。

日期	節日名稱	中文
一月一日	元日_{がんじつ} < ga.n.ji.tsu >	元旦
一月第二個星期一	成人の日_{せいじん ひ} < se.e.ji.n no hi >	成人節
二月十一日	建国記念の日_{けんこく き ねん ひ} < ke.n.ko.ku.ki.ne.n no hi >	建國紀念日
三月廿一日	春分の日_{しゅんぶん ひ} < shu.n.bu.n no hi >	春分
四月廿九日	昭和の日_{しょう わ ひ} < sho.o.wa no hi >	昭和日
五月三日	憲法記念日_{けんぽう き ねん び} < ke.n.po.o ki.ne.n.bi >	憲法紀念日
五月四日	みどりの日_ひ < mi.do.ri no hi >	綠化節
五月五日	こどもの日_ひ < ko.do.mo no hi >	兒童節
七月第三個星期一	海の日_{うみ ひ} < u.mi no hi >	海洋節
九月第三個星期一	敬老の日_{けいろう ひ} < ke.e.ro.o no hi >	敬老節
九月廿二日	国民の休日_{こくみん きゅうじつ} < ko.ku.mi.n no kyu.u.ji.tsu >	國民休息日
九月廿三日	秋分の日_{しゅうぶん ひ} < shu.u.bu.n no hi >	秋分
十月第二個星期一	体育の日_{たいいく ひ} < ta.i.i.ku no hi >	體育節
十一月三日	文化の日_{ぶん か ひ} < bu.n.ka no hi >	文化節
十一月廿三日	勤労感謝の日_{きんろうかんしゃ ひ} < ki.n.ro.o ka.n.sha no hi >	勤勞感謝日
十二月廿三日	天皇誕生日_{てんのうたんじょう び} < te.n.no.o ta.n.jo.o.bi >	天皇誕辰

★紅色區塊為黃金週休，灰色區塊為白銀週休。

MP3
49

おんせん
温泉 o.n.se.n；溫泉

　　　　　　　　　　は どこ ですか

　　　　　　　　wa do.ko de.su ka

　　　　　　　　在哪裡？

不會說的
時候比這裡

おとこ ゆ
男湯

o.to.ko.yu
男性浴室

おんな ゆ
女湯

o.n.na.yu
女性浴室

はだか
裸ゾーン

ha.da.ka zo.o.n
裸身區

みず ぎ
水着ゾーン

mi.zu.gi zo.o.n
泳衣區

だつ い じょ
脱衣所

da.tsu.i.jo
更衣處

こ しつ ぶ ろ
個室風呂

ko.shi.tsu bu.ro
個人池

げ た ばこ
下駄箱

ge.ta.ba.ko
置鞋櫃

きゅうけいしつ
休憩室

kyu.u.ke.e.shi.tsu
休息室

ふ ろ　　なんじ　　　つか
お風呂は何時まで使えますか。
o fu.ro wa na.n.ji ma.de tsu.ka.e.ma.su ka
澡堂可以使用到幾點呢？

［＿＿＿＿＿＿］のレンタルはありますか。

［＿＿＿＿＿＿］ no re.n.ta.ru wa a.ri.ma.su ka

有租借 ［＿＿＿＿＿］ 嗎？

不會説的
時候比這裡

タオル
ta.o.ru
毛巾

みず ぎ
水着

mi.zu.gi
泳衣

かんない ぎ
館内着

ka.n.na.i.gi
館內輕便的服裝

ゆかた
浴衣
yu.ka.ta
浴衣（日式簡便和服）

☆★旅遊小補帖

方便貼心的條碼手環

　　在日本的溫泉主題樂園或大型澡堂辦理
入場手續之後，都會發給一人一個標有條碼
的手環，不論是按摩、做臉還是用餐，只要
感應條碼，在出場時一起結算付費即可，既
方便又不必擔心錢包遺失。

□□□□□をお願したいんですが……。

□□□□□ o o ne.ga.i shi.ta.i n de.su ga

我想要 □□□□□ 。

不會說的
時候比這裡

マッサージ
ma.s.sa.a.ji
按摩

あかすり
a.ka.su.ri
全身去角質

フェイシャルエステ
fe.e.sha.ru e.su.te
做臉

ネイル
ne.e.ru
做指甲

アロマエステ
a.ro.ma e.su.te
精油芳療

どのコースにしますか。
do.no ko.o.su ni shi.ma.su ka
要做哪個療程呢？

にします。

ni shi.ma.su

我要 ▢ 。

不會説的
時候比這裡

全身コース
ぜんしん
ze.n.shi.n ko.o.su
全身療程

半身コース
はんしん
ha.n.shi.n ko.o.su
半身療程

毛穴ケア
け あな
ke.a.na ke.a
毛細孔保養

角質コース
かくしつ
ka.ku.shi.tsu ko.o.su
去角質療程

フットケア
fu.t.to ke.a
腳部保養

肩首コース
かたくび
ka.ta.ku.bi ko.o.su
肩頸療程

足裏コース
あしうら
a.shi.u.ra ko.o.su
腳底療程

クイックコース
ku.i.k.ku ko.o.su
快速療程

30分コース
さんじゅっ ぷん
sa.n.ju.p.pu.n ko.o.su
30分鐘療程

1時間コース
いち じ かん
i.chi.ji.ka.n ko.o.su
1小時療程

ハンドケア
ha.n.do ke.a
手部保養

ネイルケア
ne.e.ru ke.a
指甲保養

購物篇

買い物 | ka.i.mo.no
購物

MP3
50

値段を聞く・支払う ne.da.n o ki.ku shi.ha.ra.u；詢問價錢・付錢

これはいくらですか。
ko.re wa i.ku.ra de.su ka
這個多少錢？

これをください。
ko.re o ku.da.sa.i
請給我這個。

ポイントカードをお持ちですか。
po.i.n.to ka.a.do o o mo.chi de.su ka
請問您有集點卡嗎？

はい。
ha.i
有。

いいえ。
i.i.e
沒有。

ポイントカードをお作りしますか。
po.i.n.to ka.a.do o o tsu.ku.ri shi.ma.su ka
要不要辦集點卡？

はい、お願いします。
ha.i o ne.ga.i shi.ma.su
好，麻煩你。

いいえ、結構です。
i.i.e ke.k.ko.o de.su
不，不用了。

★★旅遊小補帖

利用集點卡省下開銷

　　日本有很多商店都有自家的集點卡，因此在付錢之前都會問您有沒有，雖然大部分的集點卡都必須即滿多少點以上才有優惠，對觀光客來說實惠不大，不過如果是大量購買或是和朋友一起結帳，也是不錯的省錢方法。

□□□□□ もらえますか。

□□□□□ mo.ra.e.ma.su ka

可以幫（給）我 □□□□□ ？

不會說的
時候比這裡

プレゼント用に包んで

pu.re.ze.n.to yo.o ni
tsu.tsu.n.de
包裝成禮品

別々に包んで

be.tsu.be.tsu ni tsu.tsu.n.de
分開包裝

小分け用の袋を

ko.wa.ke yo.o no fu.ku.ro o
分裝的小袋子

カードでお願いします。

ka.a.do de o ne.ga.i shi.ma.su
我要刷卡。

お支払いはどうなさいますか。

o shi.ha.ra.i wa do.o na.sa.i.ma.su ka
您要怎麼付款呢？

買い物 | ka.i.mo.no
か もの
購物

　　　　　でお願いします。
ねが

　　　　　 de o ne.ga.i shi.ma.su

我要 　　　　　 。

不會說的
時候比這裡

いっかつばら
一括払い

i.k.ka.tsu.ba.ra.i

一次付清

ぶんかつばら
分割払い

bu.n.ka.tsu.ba.ra.i

分期付款

ろっ かいばら
6 回払い

ro.k.ka.i.ba.ra.i

分 6 期付款

じゅうに かいばら
12 回払い

ju.u.ni.ka.i.ba.ra.i

分 12 期付款

さん かいばら
3 回払い

sa.n.ka.i.ba.ra.i

分 3 期付款

※ 有很多信用卡在國外消費只能一次付清，詳細請洽詢使用的信用卡公司。

し はら　　　　　いっかつ
お支払いはご一括のみとさせていただきます。
o shi.ha.ra.i wa go i.k.ka.tsu no.mi to sa.se.te i.ta.da.ki.ma.su
我們僅提供一次付清服務。

値段の交渉
ね だん こう しょう

ne.da.n no ko.o.sho.o；議價

割引はありますか。
わりびき

wa.ri.bi.ki wa a.ri.ma.su ka

有折扣嗎？

もう少し安くできますか。
すこ やす

mo.o su.ko.shi ya.su.ku de.ki.ma.su ka

能再便宜點嗎？

いっぱい買いますから、まけてくれませんか。
か

i.p.pa.i ka.i.ma.su ka.ra ma.ke.te ku.re.ma.se.n ka

我會買很多，所以可不可以算便宜點？

いくつお求めになりますか。
もと

i.ku.tsu o mo.to.me ni na.ri.ma.su ka

您要買多少呢？

消費税の払い戻しはできますか。
しょう ひ ぜい はら もど

sho.o.hi.ze.e no ha.ra.i.mo.do.shi wa de.ki.ma.su ka

可以退消費稅嗎？

☆★旅遊小補帖

講價與退稅

一般來說，日本能殺價的地方不多，不過在一般傳統市場或觀光客聚集的賣場還是有殺價的餘地。至於退稅，在標示有「Tax Refund」或「Tax Free」標記的商店購買 10,001 日圓以上的商品才能退稅。要注意的是並非所有的商品都能退稅，例如化妝品、菸酒、藥物就不在退稅範圍。此外，日本機場沒有退稅櫃檯，必需在購買的商店拿著收據和護照前往指定的櫃台辦理，才能領回 5%的消費稅。

買い物 | ka.i.mo.no
か もの　　　　購物

MP3
52

不良品・返品・交換
ふ りょうひん　へんぴん　こうかん
fu.ryo.o.hi.n he.n.pi.n ko.o.ka.n；不良品・退貨・換貨

昨日ここで買ったんですが、[ ]んです。
きのう　　　　　　　　か
ki.no.o ko.ko de ka.t.ta n de.su ga [ ] n de.su

昨天在這裡買的，[ ]。

不會説的
時候比這裡

動かない うご u.go.ka.na.i 不能動	**壊れていた** こわ ko.wa.re.te i.ta 是壞的
すぐ壊れてしまった こわ su.gu ko.wa.re.te shi.ma.t.ta 馬上就壞了	**汚れが付いている** よご　　つ yo.go.re ga tsu.i.te i.ru 有污漬
部品が足りない ぶ ひん　た bu.hi.n ga ta.ri.na.i 零件不足	**サイズが合わない** あ sa.i.zu ga a.wa.na.i 尺寸不合

返品できますか。
へんぴん
he.n.pi.n de.ki.ma.su ka
可以退貨嗎？

新しいのと交換したいんですが……。
あたら　　　　こうかん
a.ta.ra.shi.i no to ko.o.ka.n.shi.ta.i n de.su ga
我想換新的……。

レシートをお持ちですか。
も
re.shi.i.to o o mo.chi de.su ka
您有帶收據嗎？

服を買う fu.ku o ka.u；買衣服

いらっしゃいませ、どうぞご覧ください。
i.ra.s.sha.i.ma.se do.o.zo go.ra.n ku.da.sa.i
歡迎光臨，請慢慢看。

何かお探しですか。
na.ni ka o sa.ga.shi de.su ka
請問需要些什麼呢？

見ているだけです。
mi.te i.ru da.ke de.su
只是看看。

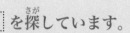を探しています。
 o sa.ga.shi.te i.ma.su
我在找 。

不會説的
時候比這裡

コート

ko.o.to
大衣

ジャケット

ja.ke.t.to
外套

カーディガン

ka.a.di.ga.n
針織外套

ワンピース
wa.n.pi.i.su
連身洋裝

スーツ
su.u.tsu
套裝

セーター

se.e.ta.a
毛衣

シャツ
sha.tsu
襯衫

ブラウス

bu.ra.u.su
女用上衣

T シャツ
ti.i.sha.tsu
T 恤

不會說的
時候比這裡

ポロシャツ
po.ro.sha.tsu
Polo 衫

スカート
su.ka.a.to
裙子

ジーンズ
ji.i.n.zu
牛仔褲

ズボン
zu.bo.n
褲子

ストッキング
su.to.k.ki.n.gu
絲襪

くつした
靴下
ku.tsu.shi.ta
襪子

レギンス
re.gi.n.su
內搭褲

ベルト
be.ru.to
皮帶、腰帶

ストール
su.to.o.ru
披肩

マフラー
ma.fu.ra.a
圍巾（禦寒用）

スカーフ
su.ka.a.fu
絲巾、圍巾（裝飾用）

て ぶくろ
手袋
te.bu.ku.ro
手套

ニット帽
ni.t.to bo.o
毛線帽

ネクタイ
ne.ku.ta.i
領帶

みず ぎ
水着
mi.zu.gi
泳衣

パンツ
pa.n.tsu
內褲

ブラジャー
bu.ra.ja.a
胸罩

したぎ
下着
shi.ta.gi
內衣褲

パジャマ
pa.ja.ma
睡衣

を見せてもらえますか。

o mi.se.te mo.ra.e.ma.su ka

可以讓我看看 嗎？

不會説的
時候比這裡

あれ

a.re
那個

ショーウィンドウに飾ってあるもの

sho.o.wi.n.do.o ni ka.za.t.te a.ru mo.no
展示窗陳列的衣服

これの新品はありますか。
ko.re no shi.n.pi.n wa a.ri.ma.su ka
這個有新的嗎？

今、在庫をお調べしてまいりますので、
少々お待ちください。
i.ma za.i.ko o o shi.ra.be shi.te ma.i.ri.ma.su no.de
sho.o.sho.o o ma.chi ku.da.sa.i
我現在就去查庫存，請您稍等一下。

恐れ入りますが、現品のみになります。
o.so.re.i.ri.ma.su ga ge.n.pi.n no.mi ni na.ri.ma.su
很抱歉，只有現貨。

ほかのデザインはありますか。
ho.ka no de.za.i.n wa a.ri.ma.su ka
有其他設計嗎？

こちらはいかがですか。
ko.chi.ra wa i.ka.ga de.su ka
這個如何？

___ の<ruby>方<rt>ほう</rt></ruby>がいいです。

___ no ho.o ga i.i de.su

我要 ___ 的。

> 不會說的
> 時候比這裡

タイプ（< ta.i.pu >；款式）

<ruby>長袖<rt>ながそで</rt></ruby>

na.ga.so.de
長袖

<ruby>半袖<rt>はんそで</rt></ruby>

ha.n.so.de
短袖

<ruby>袖<rt>そで</rt></ruby>なし

so.de na.shi
無袖

<ruby>長<rt>なが</rt></ruby>ズボン

na.ga.zu.bo.n
長褲

ショートパンツ

sho.o.to pa.n.tsu
短褲

<ruby>V<rt>ブイ</rt></ruby> ネック

bu.i ne.k.ku
V 字領

タートルネック

ta.a.to.ru ne.k.ku
高領

<ruby>丸首<rt>まるくび</rt></ruby>

ma.ru.ku.bi
圓領

ほかの<ruby>色<rt>いろ</rt></ruby>はありますか。

ho.ka no i.ro wa a.ri.ma.su ka
有其他顏色嗎？

<ruby>申<rt>もう</rt></ruby>し<ruby>訳<rt>わけ</rt></ruby>ございません、この<ruby>色<rt>いろ</rt></ruby>のみです。

mo.o.shi.wa.ke go.za.i.ma.se.n ko.no i.ro no.mi de.su
很抱歉，只有這個顏色。

ほかには、〜色もあります。

ho.ka.ni wa 〜 i.ro mo a.ri.ma.su

其他還有〜色。

各種顔色的說法

色（< i.ro >；顏色）

 黒
ku.ro
黑色

白
shi.ro
白色

グレー
gu.re.e
灰色

茶色
cha i.ro
咖啡色

青色
a.o i.ro
藍色

緑色
mi.do.ri i.ro
綠色

赤色
a.ka i.ro
紅色

ベージュ
be.e.ju
米色

紫色
mu.ra.sa.ki i.ro
紫色

黃色
ki i.ro
黃色

水色
mi.zu i.ro
水藍色

ピンク色
pi.n.ku i.ro
粉紅色

金色
ki.n i.ro
金色

銀色
gi.n i.ro
銀色

オレンジ色
o.re.n.ji i.ro
橙色

紺色
ko.n i.ro
深藍色

カーキ色
ka.a.ki i.ro
卡其色

購物篇

<ruby>違<rt>ちが</rt></ruby>う<ruby>柄<rt>がら</rt></ruby>はありますか。
chi.ga.u ga.ra wa a.ri.ma.su ka
有不同的花樣嗎？

□□□□□□がすきです。
□□□□□□ ga su.ki de.su
我喜歡 □□□□ 。

不會説的
時候比這裡 | <ruby>柄<rt>がら</rt></ruby>（< ga.ra >；花樣）

ストライプ	<ruby>豹柄<rt>ひょうがら</rt></ruby>	<ruby>迷彩<rt>めいさい</rt></ruby>
su.to.ra.i.pu 直條紋	hyo.o ga.ra 豹紋	me.e.sa.i 迷彩紋
チェック	<ruby>水玉<rt>みずたま</rt></ruby>	<ruby>花柄<rt>はながら</rt></ruby>
che.k.ku 格紋	mi.zu.ta.ma 圓點	ha.na ga.ra 碎花紋
ボーダー	<ruby>無地<rt>むじ</rt></ruby>	<ruby>薄<rt>うす</rt></ruby>い<ruby>色<rt>いろ</rt></ruby>
bo.o.da.a 橫紋	mu.ji 素色	u.su.i i.ro 淺色
<ruby>濃<rt>こ</rt></ruby>い<ruby>色<rt>いろ</rt></ruby>	<ruby>明<rt>あか</rt></ruby>るい<ruby>色<rt>いろ</rt></ruby>	<ruby>暗<rt>くら</rt></ruby>い<ruby>色<rt>いろ</rt></ruby>
ko.i i.ro 深色	a.ka.ru.i i.ro 亮色	ku.ra.i i.ro 暗色

これは<ruby>水洗<rt>みずあら</rt></ruby>いできますか。
ko.re wa mi.zu.a.ra.i de.ki.ma.su ka
這個可以用水洗嗎？

この素材は何ですか。

ko.no so.za.i wa na.n de.su ka

這是什麼質料呢？

```
┌──────┐
│      │ です。
└──────┘
┌──────┐
│      │ de.su
└──────┘
       ┌──────┐
是      │      │。
       └──────┘
```

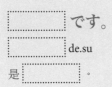

素材 （< so.za.i >；材質）

各種材質的説法

ウール

u.u.ru

羊毛

コットン（綿）

ko.t.to.n （me.n）

棉

麻

a.sa

麻

シルク

shi.ru.ku

絲

カシミヤ

ka.shi.mi.ya

喀什米爾羊毛

ポリエステル

po.ri.e.su.te.ru

聚酯纖維

本革

ho.n.ga.wa

真皮

合皮

go.o.hi

合成皮革

これは何号ですか。
なんごう
ko.re wa na.n.go.o de.su ka
這是幾號？

□□□□サイズです。
□□□□sa.i.zu de.su
□□□□　　。

サイズ (< sa.i.zu > ; 尺寸)

各種尺寸的
說法

エス
S
e.su
S

エム
M
e.mu
M

エル
L
e.ru
L

エックスエル
XL
e.k.ku.su e.ru
XL

エフ
F
e.fu
F

これを試着してもいいですか。
し ちゃく
ko.re o shi.cha.ku.shi.te mo i.i de.su ka
這件可以試穿嗎？

□□□□はどこですか。

□□□□ wa do.ko de.su ka

□□□□ 在哪裡？

し ちゃくしつ
試着室

shi.cha.ku.shi.tsu

試衣間

かがみ
鏡

ka.ga.mi

鏡子

レジ

re.ji

結帳櫃檯

こちらへどうぞ。
ko.chi.ra e do.o.zo
請往這邊。

サイズはいかがですか。
sa.i.zu wa i.ka.ga de.su ka
大小可以嗎？

ちょうどいいです。
cho.o.do i.i de.su
剛剛好。

買い物 | ^{ka.i.mo.no}
購物

買(か)い物(もの)

少(すこ)し ☐☐☐☐☐ と思(おも)いますが……。

su.ko.shi ☐☐☐☐☐ to o.mo.i.ma.su ga

我覺得有點……。

不會說的
時候比這裡

きつい	ゆるい	大(おお)きい
ki.tsu.i	yu.ru.i	o.o.ki.i
緊	鬆	大

小(ちい)さい	短(みじか)い	長(なが)い
chi.i.sa.i	mi.ji.ka.i	na.ga.i
小	短	長

派手(はで)だ	地味(じみ)だ	
ha.de da	ji.mi da	
花俏	樸素	

もう少し[____]のはありますか。

mo.o su.ko.shi [____] no wa a.ri.ma.su ka

有再 [____] 一點的嗎？

不會說的
時候比這裡

大きい
o.o.ki.i
大

小さい
chi.i.sa.i
小

長い
na.ga.i
長

短い
mi.ji.ka.i
短

控えめな
hi.ka.e.me.na
保守

シンプルな
shi.n.pu.ru.na
簡單

明るい
a.ka.ru.i
亮

安い
ya.su.i
便宜

[____]ものはありますか。

[____] mo.no wa a.ri.ma.su ka

有 [____] 的嗎？

不會說的
時候比這裡

ワンサイズ大きい
wa.n.sa.i.zu o.o.ki.i
大一號

ワンサイズ小さい
wa.n.sa.i.zu chi.i.sa.i
小一號

　　　　　もらえますか。

　　　　　mo.ra.e.ma.su ka

可以幫我 　　　　　嗎？

不會説的
時候比這裡

<ruby>裾<rt>すそ</rt></ruby><ruby>上<rt>あ</rt></ruby>げして

su.so.a.ge.shi.te
下襬改短

<ruby>丈<rt>たけ</rt></ruby>を<ruby>直<rt>なお</rt></ruby>して

ta.ke o na.o.shi.te
修改長度

お<ruby>直<rt>なお</rt></ruby>し<ruby>代<rt>だい</rt></ruby>は<ruby>別途<rt>べっと</rt></ruby>ですか。
o na.o.shi.da.i wa be.t.to de.su ka
修改費要另付嗎？

お<ruby>直<rt>なお</rt></ruby>しの<ruby>時間<rt>じかん</rt></ruby>はどのくらいかかりますか。
o na.o.shi no ji.ka.n wa do.no ku.ra.i ka.ka.ri.ma.su ka
大概需要多少修改的時間呢？

掌握日本拍賣的時機

　　有計畫前往日本大肆添購服飾的朋友，千萬不能錯過冬夏兩季折扣最多的「クリアランスセール」（＜ku.ri.a.ra.n.su se.e.ru＞；換季大拍賣）。一般來說，這兩季的拍賣是從 12 月底和 7 月初開始，1 月和 8 月底結束。最近也有不少服飾店在非拍賣期間，推出買 2 件以上，就打 8 ～ 9 折的服務，而「UNIQLO」等快時尚的大型連鎖店，每逢假日也都會提供特價商品。對血拼有興趣的朋友，一定要掌握良機。

　　此外，也提醒大家日本的「１割」（＜i.chi.wa.ri＞；1 成）表示便宜 1 成，也就是 9 折的意思，可別搞錯空歡喜一場。當然如果您在街上看到下面這些字樣，一定要走進店裡瞧瞧，說不定能挖到寶喔。

よりどり 3 足で 1000 円 yo.ri.do.ri sa.n.zo.ku de se.n e.n 湊 3 雙 1000 日圓	**○○円均一** ○○ en ki.n.i.tsu ○○日圓均一價
お値打ち価格 o ne.u.chi ka.ka.ku 超值價	**お買い得商品大放出** o ka.i.do.ku sho.o.hi.n da.i.ho.o.shu.tsu 優惠商品大放送
感謝祭 ka.n.sha.sa.i 酬賓大拍賣	**誕生祭** ta.n.jo.o.sa.i 週年慶

買い物 ka.i.mo.no | 購物

MP3 54

靴を買う ku.tsu o ka.u；買鞋

[_____] を探しています が……。

[_____] o sa.ga.shi.te i.ma.su ga

我在找 [_____] ……。

不會説的時候比這裡

ハイヒール
ha.i.hi.i.ru
高跟鞋

パンプス
pa.n.pu.su
包鞋

サンダル
sa.n.da.ru
涼鞋

ミュール
myu.u.ru
高跟涼鞋

ジョギングシューズ
jo.gi.n.gu shu.u.zu
慢跑鞋

スニーカー
su.ni.i.ka.a
運動休閒鞋

ブーツ
bu.u.tsu
靴子

レインブーツ
re.i.n bu.u.tsu
雨靴

スリッパ
su.ri.p.pa
拖鞋

ビーチサンダル
bi.i.chi sa.n.da.ru
海灘鞋

ローファー
ro.o.fa.a
樂福鞋

スパイク
su.pa.i.ku
釘鞋

この靴を履いてみてもいいですか。
ko.no ku.tsu o ha.i.te mi.te mo i.i de.su ka
可以試穿看看這雙鞋子嗎？

どのサイズをお召しですか。
do.no sa.i.zu o o me.shi de.su ka
請問您穿幾號？

～号です。
～ go.o de.su
～號。

足のサイズを測ってもらえますか。
a.shi no sa.i.zu o ha.ka.t.te mo.ra.e.ma.su ka
可以幫我量一下腳的尺寸嗎？

つま先がきついです。
tsu.ma.sa.ki ga ki.tsu.i de.su
腳尖很緊。

少し [　　　　] みたいです。
su.ko.shi [　　　　] mi.ta.i de.su
好像有點 [　　　　] 。

不會説的
時候比這裡

きつい
ki.tsu.i
緊

ゆるい
yu.ru.i
鬆

大きい おお
o.o.ki.i
大

小さい ちい
chi.i.sa.i
小

ワンサイズ [　　　　] ものを持ってきてもらえますか。 も
wa.n.sa.i.zu [　　　　] mo.no o mo.t.te ki.te mo.ra.e.ma.su ka
可以幫我拿 [　　　　] 一號的嗎？

不會説的
時候比這裡

大きい おお
o.o.ki.i
大

小さい ちい
chi.i.sa.i
小

これの<ruby>色違<rt>いろちが</rt></ruby>いはありますか。
ko.re no i.ro.chi.ga.i wa a.ri.ma.su ka
這個有不同色的嗎？

<ruby>申<rt>もう</rt></ruby>し<ruby>訳<rt>わけ</rt></ruby>ございませんが、この<ruby>色<rt>いろ</rt></ruby>しか<ruby>残<rt>のこ</rt></ruby>っていません。
mo.o.shi.wa.ke go.za.i.ma.se.n ga ko.no i.ro shi.ka no.ko.t.te i.ma.se.n
很抱歉，只剩下這個顏色了。

〔　　　　　〕はありますか。
〔　　　　　〕wa a.ri.ma.su ka

有〔　　　　　〕嗎？

不會說的
時候比這裡

<ruby>靴<rt>くつ</rt></ruby>ひも
ku.tsu hi.mo
鞋帶

<ruby>中敷<rt>なか じ</rt></ruby>き
na.ka.ji.ki
鞋墊

<ruby>靴<rt>くつ</rt></ruby>クリーナー
ku.tsu ku.ri.i.na.a
鞋類清潔劑

<ruby>防水<rt>ぼうすい</rt></ruby>スプレー
bo.o.su.i su.pu.re.e
防水噴霧劑

PART2

買い物
か.い.もの | ka.i.mo.no | 購物

アクセサリーを買う
a.ku.se.sa.ri.i o ka.u；買飾品

ショーケースの中の 　　　　　 を見せてもらえますか。

sho.o.ke.e.su no na.ka no 　　　　　 o mi.se.te mo.ra.e.ma.su ka

能讓我看看展示櫃裡的 　　　　　 嗎？

不會說的
時候比這裡

指輪
ゆびわ
yu.bi.wa
戒指

ネックレス
ne.k.ku.re.su
項鍊

イヤリング
i.ya.ri.n.gu
耳環

ピアス
pi.a.su
針式耳環

ブローチ
bu.ro.o.chi
胸針

ブレスレット
bu.re.su.re.t.to
手鍊

バレッタ
ba.re.t.ta
橢圓型按夾
（髮夾的一種）

ネクタイピン
ne.ku.ta.i pi.n
領帶夾

これは ___ ですか。

ko.re wa ___ de.su ka

這是 ___ 嗎？

不會説的時候比這裡

純金（じゅんきん）

ju.n.ki.n

純金

鍍金（めっき）

me.k.ki

鍍金

18 金（じゅうはちきん）

ju.u.ha.chi.ki.n

18K 金

プラチナ

pu.ra.chi.na

白金

指（ゆび）のサイズを測（はか）ってもらえますか。

yu.bi no sa.i.zu o ha.ka.t.te mo.ra.e.ma.su ka

能幫我量手指的尺寸嗎？

プレゼント用（よう）に包（つつ）んでもらえますか。

pu.re.ze.n.to yo.o ni tsu.tsu.n.de mo.ra.e.ma.su ka

能幫我包裝成禮品嗎？

簡易包装（かんいほうそう）と有料包装（ゆうりょうほうそう）のどちらになさいますか。

ka.n.i ho.o.so.o to yu.u.ryo.o ho.o.so.o no do.chi.ra ni na.sa.i.ma.su ka

您要簡易包裝還是收費包裝呢？

買い物 ｜ ka.i.mo.no
購物

MP3 56

化粧品を買う ke.sho.o.hi.n o ka.u ；買化妝品

| _____ を探していますが……。
| _____ o sa.ga.shi.te i.ma.su ga

不會說的時候比這裡

我在找 _____ ……。

化粧品 (< ke.sho.o.hi.n > ；化妝品)

ファンデーション
fa.n.de.e.sho.n
粉底

BB クリーム
bi.i.bi.i ku.ri.i.mu
BB 霜

コンシーラー

ko.n.shi.i.ra.a
遮瑕霜

フェイスパウダー
fe.e.su pa.u.da.a
蜜粉

チーク
chi.i.ku
腮紅

アイライナー
a.i.ra.i.na.a
眼線筆

アイシャドー
a.i.sha.do.o
眼影

マスカラ
ma.su.ka.ra
睫毛膏

グロス
gu.ro.su
唇蜜

口紅
ku.chi.be.ni
口紅

マニキュア
ma.ni.kyu.a
指甲油

下地
shi.ta.ji
隔離霜

不會說的
時候比這裡

スキンケア（< su.ki.n.ke.a >；保養品）

化粧水
ke.sho.o.su.i
化妝水

美容液
bi.yo.o.e.ki
美容液

乳液
nyu.u.e.ki
乳液

日焼け止め
hi.ya.ke.do.me
防曬乳

リップマスク
ri.p.pu ma.su.ku
修護唇膜

メイク落としコットン
me.e.ku.o.to.shi ko.t.to.n
卸妝棉

洗顔フォーム
se.n.ga.n fo.o.mu
洗面乳

シートマスク
shi.i.to ma.su.ku
面膜

保湿クリーム
ho.shi.tsu ku.ri.i.mu
保濕霜

リップクリーム
ri.p.pu ku.ri.i.mu
護唇膏

アイクリーム
a.i ku.ri.i.mu
眼霜

ナイトクリーム
na.i.to ku.ri.i.mu
晚霜

デイクリーム
de.e ku.ri.i.mu
日霜

エッセンス
e.s.se.n.su
精華液

購物篇

買い物 | ka.i.mo.no
かもの
購物

私は ▢▢▢▢ 肌です。
わたし　　　　　はだ

wa.ta.shi wa ▢▢▢▢ ha.da de.su

我是 ▢▢▢▢ 膚質。

不會説的
時候比這裡

乾燥	敏感	脂性	混合
かんそう	びんかん	しせい	こんごう
ka.n.so.o	bi.n.ka.n	shi.se.e	ko.n.go.o
乾燥	敏感	油性	混合

一番売れているのはどれですか。
いちばん う
i.chi.ba.n u.re.te i.ru no wa do.re de.su ka
賣得最好的是哪一個？

これはどうやって使うんですか。
つか
ko.re wa do.o ya.t.te tsu.ka.u n de.su ka
這個怎麼用呢？

試し塗りはできますか。
ため ぬ
ta.me.shi.nu.ri wa de.ki.ma.su ka
可以試擦嗎？

これの詰め替え用はありますか。
つ か よう
ko.re no tsu.me.ka.e.yo.o wa a.ri.ma.su ka
這個有補充包嗎？

この写真の口紅はどの色ですか。
しゃしん くちべに いろ
ko.no sha.shi.n no ku.chi.be.ni wa do.no i.ro de.su ka
這張相片的口紅是哪個顏色？

ドラッグストアで
do.ra.g.gu su.to.a de；在藥妝店

_____ はどこに置いてありますか。

_____ wa do.ko ni o.i.te a.ri.ma.su ka

_____ 放在哪裡？

不會説的
時候比這裡

薬（< ku.su.ri >；藥）

風邪薬
ka.ze.gu.su.ri
感冒藥

胃腸薬
i.cho.o.ya.ku
腸胃藥

正露丸
se.e.ro.ga.n
正露丸

頭痛薬
zu.tsu.u.ya.ku
頭痛藥

下痢止め
ge.ri.do.me
止瀉藥

便秘薬
be.n.pi.ya.ku
便祕藥

鎮痛薬
chi.n.tsu.u.ya.ku
止痛藥

栄養ドリンク
e.e.yo.o do.ri.n.ku
營養口服液

かゆみ止め
ka.yu.mi.do.me
止癢藥

咳止め
se.ki.do.me
止咳藥

目薬
me.gu.su.ri
眼藥水

絆創膏
ba.n.so.o.ko.o
OK 繃

湿布
shi.p.pu
酸痛貼布

ビタミン剤
bi.ta.mi.n.za.i
維他命劑

熱さまシート
ne.tsu.sa.ma.shi.i.to
退熱貼布

購物篇

蒸気アイマスク
じょう き

jo.o.ki a.i.ma.su.ku

蒸氣眼罩

のど飴
あめ

no.do a.me

喉糖

浣腸薬
かんちょうやく

ka.n.cho.o.ya.ku

浣腸藥

うがい薬
くすり

u.ga.i.gu.su.ri

漱口藥水

虫よけスプレー
むし

mu.shi.yo.ke su.pu.re.e

防蟲噴霧劑

不會說的
時候比這裡

日用品
にちようひん
（ < ni.chi.yo.o.hi.n > ；日用品 ）

シャンプー

sha.n.pu.u

洗髮精

コンディショナー

ko.n.di.sho.na.a

護髮乳

石けん
せっ

se.k.ke.n

肥皂

温泉の素
おんせん もと

o.n.se.n no mo.to

溫泉精

歯ブラシ
は

ha.bu.ra.shi

牙刷

歯磨き粉
は みが こ

ha.mi.ga.ki.ko

牙膏

生理用品
せい り ようひん

se.e.ri.yo.o.hi.n

生理用品

整髪料
せいはつりょう

se.e.ha.tsu.ryo.o

整髮劑

綿棒
めんぼう

me.n.bo.o

棉花棒

カミソリ

ka.mi.so.ri

刮鬍刀

ヘアカラー

he.a.ka.ra.a

染髮劑

育毛剤
いくもうざい

i.ku.mo.o.za.i

生髮水

糸ようじ
i.to yo.o.ji
牙線

マスク
ma.su.ku
口罩

ホッカイロ
ho.k.ka.i.ro
暖暖包

爪切り
tsu.me.ki.ri
指甲刀

除光液
jo.ko.o.e.ki
去光水

紙おむつ
ka.mi o.mu.tsu
紙尿布

ハンドクリーム
ha.n.do ku.ri.i.mu
護手霜

体温計
ta.i.o.n.ke.e
體溫計

ご案内いたします。こちらへどうぞ。
go a.n.na.i i.ta.shi.ma.su ko.chi.ra e do.o.zo
我帶您去。請往這邊走。

買い物 か もの ka.i.mo.no | 購物

MP3 58

家電量販店で か でんりょうはんてん ka.de.n ryo.o.ha.n.te.n de；在家電量販店

□□□□売り場はどこですか。
□□□□u.ri.ba wa do.ko de.su ka

請問 □□□□ 賣場在哪裡？

不會説的
時候比這裡

カメラ
ka.me.ra
相機

パソコン
pa.so.ko.n
電腦

オーディオ
o.o.di.o
音響

家電 か でん
ka.de.n
家電

ゲーム
ge.e.mu
電玩

旅行用品 りょこうようひん
ryo.ko.o yo.o.hi.n
旅行用品

□□□□はどこに置いてありますか。 お
□□□□wa do.ko ni o.i.te a.ri.ma.su ka

□□□□放在哪裡？

不會説的
時候比這裡

一眼レフ いちがん
i.chi.ga.n.re.fu
單眼相機

ビデオカメラ
bi.de.o ka.me.ra
錄影機

デジカメ
de.ji.ka.me
數位相機

交換レンズ
ko.o.ka.n re.n.zu
交換鏡頭

メモリーカード
me.mo.ri.i ka.a.do
記憶卡

バッテリー
ba.t.te.ri.i
蓄電池

充電器
ju.u.de.n.ki
充電器

三脚
sa.n.kya.ku
腳架

ゲーム機
ge.e.mu ki
電玩主機

ゲームソフト
ge.e.mu so.fu.to
電玩軟體

ラジコン
ra.ji.ko.n
遙控汽車

乾電池
ka.n.de.n.chi
乾電池

炊飯器
su.i.ha.n.ki
電子鍋

コーヒーメーカー
ko.o.hi.i me.e.ka.a
咖啡機

電気ポット
de.n.ki po.t.to
電子熱水瓶

アイロン
a.i.ro.n
熨斗

ホームベーカリー

ho.o.mu be.e.ka.ri.i
麵包機

トースター

to.o.su.ta.a
烤麵包機

ハンドブレンダー

ha.n.do bu.re.n.da.a
魔力料理棒（可切碎、
攪拌食物的棒狀調理機）

魔法瓶

ma.ho.o.bi.n
保溫瓶

電気毛布

de.n.ki mo.o.fu
電毯

ドライヤー

do.ra.i.ya.a
吹風機

ヘアアイロン

he.a a.i.ro.n
直髪夾

電気髭剃り

de.n.ki hi.ge.so.ri
電動刮鬍刀

パソコンソフト

pa.so.ko.n so.fu.to
電腦軟體

イヤホン

i.ya.ho.n
耳機

デジタルオーディオプレーヤー

de.ji.ta.ru o.o.di.o.pu.re.e.ya.a
數位隨身聽

最新モデルはありますか。
さいしん

sa.i.shi.n mo.de.ru wa a.ri.ma.su ka

有最新機種嗎？

すでに売り切れです。
う　き

su.de.ni u.ri.ki.re de.su

已經賣光了。

取り寄せできますか。
と　　よ

to.ri.yo.se de.ki.ma.su ka

可以調貨嗎？

買い物
か もの | ka.i.mo.no
購物

MP3
59

スーパーマーケットで
su.u.pa.a.ma.a.ke.t.to de；在超市

┌─────────┐ 売り場はどこですか。
│   │ う ば
└─────────┘
┌─────────┐ u.ri.ba wa do.ko de.su ka
│   │
└─────────┘
請問 ┌─────────┐ 賣場在哪裡？
     │   │
     └─────────┘

不會說的
時候比這裡

調味料
ちょう み りょう

cho.o.mi.ryo.o
調味料

お菓子
か し

o ka.shi
零食

日用品
にちようひん

ni.chi.yo.o.hi.n
日用品

お惣菜
そうざい

o so.o.za.i
熟食等家常菜

ベビーフード

be.bi.i fu.u.do
嬰兒食品

生鮮
せいせん

se.e.se.n
生鮮食品

お酒
さけ

o sa.ke
酒類

飲み物
の もの

no.mi.mo.no
飲料

┌─────────┐をください。
└─────────┘

┌─────────┐ o ku.da.sa.i
請給我 ┌─────────┐。

不會說的
時候比這裡

 ドライアイス

do.ra.i a.i.su
乾冰

レジ袋

re.ji bu.ku.ro
塑膠提袋

保冷剤

ho.re.e.za.i
保冷劑

割りばし

wa.ri.ba.shi
免洗筷

お箸は何膳お付けいたしましょうか。
o ha.shi wa na.n.ze.n o tsu.ke i.ta.shi.ma.sho.o ka
要付幾雙筷子呢？

レジ袋はご利用ですか。
re.ji bu.ku.ro wa go ri.yo.o de.su ka
您要塑膠提袋嗎？

はい。
ha.i
要。

要りません。
i.ri.ma.se.n
不用了。

真正物美價廉的伴手禮在超市！！

　　喜歡日本食品的朋友，若有機會前往日本，一定要到超市瞧瞧。不論是零嘴、乾貨、加工食品還是調味料，除了價格遠比台灣日系商店便宜，商品種類也非常豐富，不論是自用還是和親朋好友分享，都很適宜。對日本食品不太熟悉的朋友，不妨參考看看下面的人氣商品，有些概念，就不會在賣場裡彷徨失措囉。

スナック菓子（<su.na.k.ku ga.shi>；零食）

柿の種　かき　たね ka.ki no ta.ne 柿籽米菓（形狀像柿子種子的米菓）	グミ gu.mi 軟糖
じゃがりこ ja.ga.ri.ko Jagarico（杯裝薯條）	トッポ to.p.po Toppo 巧克力脆棒
ポッキー po.k.ki.i 百奇（POCKY）	プリッツ pu.ri.t.tsu 百力滋（PRETZ）
キットカット ki.t.to.ka.t.to 奇巧（Kit-Kat）	小枝　こえだ ko.e.da 小枝
コアラのマーチ ko.a.ra no ma.a.chi 樂天小熊餅	

水産物加工品　すいさんぶつ　か　こうひん（<su.i.sa.n.bu.tsu ka.ko.o.hi.n>；海産加工品）※1

す漬いか　づけ su.zu.ke.i.ka 醋漬花枝	おしゃぶり昆布　こんぶ o.sha.bu.ri ko.n.bu 點心昆布

帆立貝 ho.ta.te.ga.i 調味扇貝		**いかのくんせい** i.ka no ku.n.se.e 燻製花枝	
するめそうめん su.ru.me so.o.me.n 魷魚素麵		**さきいか** sa.ki.i.ka 魷魚絲	
めかぶ me.ka.bu 芽蕪 （靠近裙帶菜根部的部分）		**味たら** a.ji.ta.ra 加味鱈魚乾	
とろろ昆布 to.ro.ro ko.n.bu 昆布絲 ※2			

※1 這些水產加工品除了當零食之外也是下酒的良伴，因此很多超市或便利商店，
　　都會把它們放在酒類商品的附近，若有親朋好友喜歡小酌，酒類之外再搭配這
　　些小點，勢必更得歡心。

※2 昆布絲的吃法－昆布絲的應用範圍很廣，可以用來替代
　　海苔包飯糰，也可以放進烏龍麵或清爽的吸物中享用。

お茶（＜o cha＞；茶）

緑茶 ryo.ku.cha 綠茶		**桜茶** sa.ku.ra.cha 櫻花茶	
ほうじ茶 ho.o.ji.cha 焙茶		**粉茶** ko.na.cha 茶粉	

☆★旅遊小補帖

その他 （＜so.no ta＞；其他）

お茶漬けの素
o cha.zu.ke no mo.to
茶泡飯調味包

ふりかけ
fu.ri.ka.ke
灑在白飯上的香鬆

炊き込みご飯の素
ta.ki.ko.mi go.ha.n no mo.to
菜飯調味包 ※3

ちらし寿司の素
chi.ra.shi zu.shi no mo.to
散壽司調味包 ※4

即席みそ汁
so.ku.se.ki mi.so.shi.ru
速食味噌湯

即席お吸い物
so.ku.se.ki o su.i.mo.no
速食湯包

インスタントラーメン
i.n.su.ta.n.to ra.a.me.n
速食麵

浅漬けの素
a.sa.zu.ke no mo.to
醬菜粉（也有液狀的）

シチューの素
shi.chu.u no mo.to
濃湯調味粉（也有塊狀的）

※3 菜飯調味包有多種口味與「2合」（＜ni.go.o＞；2杯米）、「3合」（＜sa.n.go.o＞；3杯米）等份量可供選擇，製作方法非常簡單，只要將裡面的菜飯料和調味包放入電鍋，按照一般白飯的作法即可。

※4 雖然只要把散壽司的調味包和適量的白飯充份攪拌就能立刻享用，若能加上新鮮的生魚片、燙熟的蔬菜或蛋絲，那就更道地囉。

困擾篇

トラブル | to.ra.bu.ru
困擾

MP3 60

びょう き
病気 byo.o.ki；生病

_____ が痛いんです。
いた
_____ ga i.ta.i n de.su
_____ 很痛。

不會說的
時候比這裡

あたま 頭	め 目	みみ 耳	は 歯
a.ta.ma	me	mi.mi	ha
頭	眼睛	耳朵	牙齒

はな 鼻	のど 喉	くび 首	かた 肩
ha.na	no.do	ku.bi	ka.ta
鼻子	喉嚨	脖子	肩膀

むね 胸	ひじ 肘	て 手	こし 腰
mu.ne	hi.ji	te	ko.shi
胸部	手肘	手	腰

い 胃	おなか	ひざ 膝	あし 足
i	o.na.ka	hi.za	a.shi
胃	肚子	膝蓋	腳

ふくらはぎ	あしくび 足首	かかと 踵	ゆび 指
fu.ku.ra.ha.gi	a.shi.ku.bi	ka.ka.to	yu.bi
小腿	腳踝	腳跟	指頭

気分が悪いんです。
ki.bu.n ga wa.ru.i n de.su
感覺不舒服。

体がだるいんです。
ka.ra.da ga da.ru.i n de.su
渾身無力。

_____がするんです。
_____ ga su.ru n de.su
會_____。

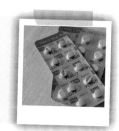

不會說的
時候比這裡

めまい
me.ma.i
頭暈

吐き気
ha.ki.ke
噁心

寒気
sa.mu.ke
發冷

立ちくらみ
ta.chi.ku.ra.mi
站起來發暈

トラブル | to.ra.bu.ru
困擾

<u>　　　　</u>が止^とまらないんです。

<u>　　　　</u>ga to.ma.ra.na.i n de.su

<u>　　　　</u>不止。

不會說的
時候比這裡

咳^{せき}	くしゃみ	鼻水^{はなみず}	下痢^{げり}
se.ki	ku.sha.mi	ha.na.mi.zu	ge.ri
咳嗽	噴嚏	鼻水	腹瀉

鼻^{はな}が詰^つまるんです。
ha.na ga tsu.ma.ru n de.su
鼻子會塞。

熱^{ねつ}があるようです。
ne.tsu ga a.ru yo.o de.su
好像有發燒。

高熱^{こうねつ}が続^{つづ}いているんです。
ko.o.ne.tsu ga tsu.zu.i.te i.ru n de.su
持續著高燒。

息^{いき}が苦^{くる}しいんです。
i.ki ga ku.ru.shi.i n de.su
呼吸困難。

目がチクチクするんです。
me ga chi.ku.chi.ku.su.ru n de.su
眼睛感覺刺痛。

体中がかゆいんです。
ka.ra.da.ju.u ga ka.yu.i n de.su
全身發癢。

胃がもたれるんです。
i ga mo.ta.re.ru n de.su
胃會漲。

＿＿＿＿＿みたいです。
＿＿＿＿＿ mi.ta.i de.su
好像是＿＿＿＿＿。

不會說的
時候比這裡

風邪
ka.ze
感冒

喘息
ze.n.so.ku
氣喘

食あたり
sho.ku.a.ta.ri
吃壞肚子

インフルエンザ
i.n.fu.ru.e.n.za
流感

熱中症
ne.c.chu.u.sho.o
中暑

アレルギー
a.re.ru.gi.i
過敏

トラブル | to.ra.bu.ru 困擾

MP3 61

怪我 （けが） ke.ga；受傷

足首（あしくび）を挫（くじ）いたようです。
a.shi.ku.bi o ku.ji.i.ta yo.o de.su
腳踝好像扭到了。

かもしれません。

ka.mo.shi.re.ma.se.n

或許是 ____ 。

不會說的
時候比這裡

骨折（こっせつ）	捻挫（ねんざ）	突き指（つきゆび）	脱臼（だっきゅう）
ko.s.se.tsu	ne.n.za	tsu.ki.yu.bi	da.k.kyu.u
骨折	扭傷	手指扭傷	脱臼

血（ち）が止（と）まらないんです。
chi ga to.ma.ra.na.i n de.su
血流不止。

膝（ひざ）が腫（は）れているんです。
hi.za ga ha.re.te i.ru n de.su
膝蓋腫起來了。

　　　　　の骨が折れたようです。

no ho.ne ga o.re.ta yo.o de.su

好像骨折了。

不會説的
時候比這裡

あし
足
a.shi
腳

うで
腕
u.de
手臂

やけどをしたんです。
ya.ke.do o shi.ta n de.su
燙傷了。

トラブル | to.ra.bu.ru
困擾

MP3
62

しんりょう
診療 shi.n.ryo.o；診療

ちか
近くに _____ はありますか。

chi.ka.ku ni _____ wa a.ri.ma.su ka

這附近有 _____ 嗎？

不會說的
時候比這裡

やっきょく
薬局

ya.k.kyo.ku
藥房

ないか
内科

na.i.ka
內科

げか
外科

ge.ka
外科

しょうにか
小児科

sho.o.ni.ka
小兒科

ひふか
皮膚科

hi.fu.ka
皮膚科

じびいんこうか
耳鼻咽喉科

ji.bi.i.n.ko.o.ka
耳鼻咽喉科

がんか
眼科

ga.n.ka
眼科

しか
歯科

shi.ka
牙科

観光客なので、自費でお願いします。
ka.n.ko.o.kya.ku.na no.de ji.hi de o ne.ga.i shi.ma.su
因為我是觀光客，所以我要自費。

この診察申し込み用紙に
必要事項をご記入ください。
ko.no shi.n.sa.tsu mo.o.shi.ko.mi yo.o.shi ni
hi.tsu.yo.o.ji.ko.o o go ki.nyu.u ku.da.sa.i
麻煩您在這初診單填入必要事項。

〜番診察室の前でお掛けに
なってお待ちください。
〜 ba.n shi.n.sa.tsu.shi.tsu no ma.e de o ka.ke ni
na.t.te o ma.chi ku.da.sa.i
請您在〜號診察室前稍坐等候。

☆★旅遊小補帖

日本醫院的看診時間

　　日本一般診所的營業時間不長，大部分是從早上 9 點到下午 6 點，星期天和假日也不營業，在休診時間若有需要，可前往「夜間診療所」（＜ya.ka.n shi.n.ryo.o.jo；夜間診療所）或「休日診療所」（＜kyu.u.ji.tsu shi.n.ryo.o.jo＞；假日診療所）就診。

トラブル | to.ra.bu.ru
困擾

どうしましたか。
do.o shi.ma.shi.ta ka
怎麼了？

<ruby>熱<rt>ねつ</rt></ruby>はありますか。
ne.tsu wa a.ri.ma.su ka
有發燒嗎？

<ruby>体温計<rt>たいおんけい</rt></ruby>を<ruby>貸<rt>か</rt></ruby>してください。
ta.i.o.n.ke.e o ka.shi.te ku.da.sa.i
請借我體溫計。

　　　　　を<ruby>測<rt>はか</rt></ruby>りましょう。

　　　　　o ha.ka.ri.ma.sho.o

量　　　　　吧。

還會聽到
這麼説

<ruby>体温<rt>たいおん</rt></ruby>	<ruby>血圧<rt>けつあつ</rt></ruby>	<ruby>体重<rt>たいじゅう</rt></ruby>
ta.i.o.n	ke.tsu.a.tsu	ta.i.ju.u
體溫	血壓	體重

<ruby>念<rt>ねん</rt></ruby>のため、　　　　　ましょう。

ne.n no ta.me 　　　　　.ma.sho.o

為了慎重起見，　　　　　吧。

還會聽到
這麼説

<ruby>検査<rt>けんさ</rt></ruby>し	レントゲンを<ruby>撮<rt>と</rt></ruby>り
ke.n.sa.shi	re.n.to.ge.n o to.ri
做個檢查	照個 X 光

点滴し

te.n.te.ki.shi
吊個點滴

ちゅうしゃ
注射し

chu.u.sha.shi
打個針

・・・・・・・・・・・・・・・・・・・・・・・・・・・・・・・・

くすり
薬のアレルギーはありますか。
ku.su.ri no a.re.ru.gi.i wa a.ri.ma.su ka
有藥物過敏嗎？

くすり の
薬を飲めばよくなります。
ku.su.ri o no.me.ba yo.ku na.ri.ma.su
吃了藥就會好的。

でいいですか。

de i.i de.su ka

用 好嗎？

還會聽到
這麼說

じょうざい
錠剤

jo.o.za.i
藥丸

こなぐすり
粉薬

ko.na.gu.su.ri
藥粉

シロップ

shi.ro.p.pu
糖漿

┌─────────┐を出してもらえますか。

└─────────┘o da.shi.te mo.ra.e.ma.su ka

能開┌─────────┐給我嗎？

 還會聽到這麼說

解熱剤
ge.ne.tsu.za.i
退燒藥

トローチ
to.ro.o.chi
喉片

うがい薬
u.ga.i.gu.su.ri
漱口藥水

湿布
shi.p.pu
酸痛貼布

薬はどのように飲めばいいですか。
ku.su.ri wa do.no yo.o.ni no.me.ba i.i de.su ka
藥該怎麼服用才好呢？

1日┌回数┐回、┌時間┐に飲んでください。

i.chi.ni.chi┌─────┐.ka.i┌─────┐ni no.n.de ku.da.sa.i

1天 次數 次， 時間 服用。

 還會聽到這麼說

回数（< ka.i.su.u >；次數）

いっ **1**	に **2**	さん **3**
i.k	ni	sa.n
1	2	3

時間 <ruby>時間<rt>じ かん</rt></ruby> (< ji.ka.n > ; 時間)

食前 <ruby><rt>しょくぜん</rt></ruby>	食間 <ruby><rt>しょっかん</rt></ruby>	食後 <ruby><rt>しょく ご</rt></ruby>	寝る前 <ruby><rt>ね まえ</rt></ruby>
sho.ku.ze.n	sho.k.ka.n	sho.ku.go	ne.ru ma.e
飯前	二餐之間	飯後	睡前

　　　　　　　　をお<ruby>願<rt>ねが</rt></ruby>いします。

　　　　　　　　o o ne.ga.i shi.ma.su

麻煩你開 　　　　　　　。

診断書 <ruby><rt>しんだんしょ</rt></ruby>

shi.n.da.n.sho
診斷書

領収書 <ruby><rt>りょうしゅうしょ</rt></ruby>

ryo.o.shu.u.sho
收據

明細書 <ruby><rt>めいさいしょ</rt></ruby>

me.e.sa.i.sho
費用明細

入院証明書 <ruby><rt>にゅういんしょうめいしょ</rt></ruby>

nyu.u.i.n sho.o.me.e.sho
住院證明書

☆★旅遊小補帖

就醫記得索取相關資料申請健保給付

　　在國外若發生不可預期的傷病，必須在當地立即就醫，記得要向醫院索取上述的單據證明，可在就醫後 6 個月內向投保單位所在地的健保局分局申請核退醫藥費用。詳細可參閱行政院衛生署相關網頁。

困擾篇

トラブル | to.ra.bu.ru | 困擾

市販薬を買う （し はんやく か） shi.ha.n.ya.ku o ka.u；購買成藥

症状 んですが、おすすめの 薬 はありますか。

n de.su ga o su.su.me no wa a.ri.ma.su ka

我症状，有推薦的藥嗎？

不會説的
時候比這裡

症状 （< sho.o.jo.o >；症狀）

胃が痛い（い いた）
i ga i.ta.i
胃痛

頭が痛い（あたま いた）
a.ta.ma ga i.ta.i
頭痛

下痢が止まらない（げ り と）
ge.ri ga to.ma.ra.na.i
腹瀉不止

喉が痛い（のど いた）
no.do ga i.ta.i
喉嚨痛

便秘がひどい（べん ぴ）
be.n.pi ga hi.do.i
便祕得很厲害

鼻水が止まらない（はなみず と）
ha.na.mi.zu ga to.ma.ra.na.i
鼻水流不止

肌が痒い（はだ かゆ）
ha.da ga ka.yu.i
皮膚癢

眼が痒い（め かゆ）
me ga ka.yu.i
眼睛癢

眼が充血している（め じゅうけつ）
me ga ju.u.ke.tsu.shi.te i.ru
眼睛充血

薬 （< ku.su.ri >；藥）

胃薬 i.gu.su.ri 胃藥	**鎮痛剤** chi.n.tsu.u.za.i 止痛藥
下痢止め ge.ri.do.me 止瀉藥	**胃腸薬** i.cho.o.ya.ku 腸胃藥
風邪薬 ka.ze.gu.su.ri 感冒藥	**便秘薬** be.n.pi.ya.ku 便秘藥
痒み止め ka.yu.mi.do.me 止癢藥	**目薬** me.gu.su.ri 眼藥水

子供用の〜はありますか。
ko.do.mo.yo.o no 〜 wa a.ri.ma.su ka
有兒童用的〜嗎？

困擾篇

217

トラブル │ to.ra.bu.ru
困擾

MP3 64

とうなん　ふんしつ
盗難・紛失　to.o.na.n fu.n.shi.tsu；遭竊・遺失

┌─────┐だ！
│　　　│da
└─────┘！

不會説的
時候比這裡

・スリ
su.ri
扒手

どろぼう
・泥棒
do.ro.bo.o
小偷

ち かん
・痴漢
chi.ka.n
色狼

・ひったくり
hi.t.ta.ku.ri
搶劫

┌─────┐をなくしました。
│　　　│o na.ku.shi.ma.shi.ta
└─────┘不見了。

不會説的
時候比這裡

さい ふ
財布
sa.i.fu
錢包

げんきん
現金
ge.n.ki.n
現金

カード
ka.a.do
信用卡

パスポート
pa.su.po.o.to
護照

荷物
に もつ
ni.mo.tsu
行李

鞄
かばん
ka.ba.n
包包

でんしゃ なか さいふ
電車の中で財布をすられました。
de.n.sha no na.ka de sa.i.fu o su.ra.re.ma.shi.ta
在電車裡錢包被扒走了。

みせ けいたい お わす
店に携帯を置き忘れました。
mi.se ni ke.e.ta.i o o.ki.wa.su.re.ma.shi.ta
我把行動電話忘在店裡了。

み
もし見つかったら、
れんらく
ここに連絡していただけますか。
mo.shi mi.tsu.ka.t.ta.ra ko.ko ni re.n.ra.ku.shi.te i.ta.da.ke.ma.su ka
如果找到的話，能請你聯絡這裡嗎？

トラブル | to.ra.bu.ru
困擾

MP3
65

たす　もと
助けを求める　ta.su.ke o mo.to.me.ru；求助

たす
助けて！
ta.su.ke.te
救命啊！

だれ
誰か！
da.re ka
有誰幫幫我！

どうすればいいですか。
do.o su.re.ba i.i de.su ka
該怎麼辦才好呢？

よ
□□□□□を呼んでください。
□□□□□ o yo.n.de ku.da.sa.i
請叫□□□□□。

不會説的
時候比這裡

けいさつ
警察
ke.e.sa.tsu
警察

きゅうきゅうしゃ
救急車
kyu.u.kyu.u.sha
救護車

えきいん
駅員
e.ki.i.n
車站站員

けい び いん
警備員
ke.e.bi.i.n
警衛

い しゃ
医者
i.sha
醫生

ちゅうごく ご　　はな　　ひと
中国語を話せる人
chu.u.go.ku.go o ha.na.se.ru hi.to
會説中文的人

220

はどこですか。

wa do.ko de.su ka

在哪裡？

不會說的
時候比這裡

きゅうきゅうびょういん
救急病院

kyu.u.kyu.u byo.o.i.n
急救醫院

こうばん
交番

ko.o.ba.n
派出所

タイペイちゅうにちけいざいぶんか だいひょうしょ
台北駐日経済文化代表処

ta.i.pe.e chu.u.ni.chi ke.e.za.i bu.n.ka da.i.hyo.o.sho
台北駐日經濟文化代表處

困擾篇

在日本若遺失護照或需要緊急救助怎麼辦？

　　天有不測風雲，人有旦夕禍福，若不幸需要緊急救助，可聯絡台灣駐日機構，也就是「台北駐日經濟文化代表處」或其他地區的分處。

　　如果是遺失護照，請不要慌張，首先請到就近的警察局或派出所報案，拿取護照的「紛失届けの証明書」（＜ fu.n.shi.tsu.to.do.ke no sho.o.me.e.sho ＞遺失證明）。之後再準備 4 張大頭照（辦事處 2 張，回國移民署窗口 2 張）和可證明身分的證件或影印本，連同上述的遺失證明，到台灣駐日機構辦理臨時入國證明書即可。

※ 在警局或派出所可以這麼説：

パスポートの紛失届けをお願いしたいんですが……。

pa.su.po.o.to no fu.n.shi.tsu.to.do.ke o o ne.ga.i shi.ta.i n de.su ga

我想要辦理護照的遺失申報……。

※ 東京台北駐日經濟文化代表處：

　　地址：東京都港區白金台 5-20-2

　　電話：03-3280-7821（上班時間）、03-3280-7917（24 小時）

　　日本境內直撥行動電話：080-6557-8796、080-6552-4764

※ 橫濱、大阪、福岡、琉球、札幌等其他地區辦事處詳細請參閱如下網頁。

http://www.taiwanembassy.org/mp.asp?mp=201

PART3
記起來會更好！

數字、日期、時間、數量詞是在各種場面使用率極高的基本單字。出
發前若能熟悉這些基本概念，勢必如虎添翼，讓溝通更順暢。此外，
出國旅遊除了能增廣見聞，若能在異地結識當地朋友也是一大樂趣，
準備好如何自我介紹了嗎？

數字篇　　　　　　　和日本人交談

MP3
66

基本数字 ki.ho.n.su.u.ji；基本數字
きほんすうじ

全部でいくらですか。
ぜんぶ
ze.n.bu de i.ku.ra de.su ka
全部多少錢？

_____	円です。
	えん
	e.n de.su
_____	日圓。

不會說的
時候比這裡

いち **1**	に **2**	さん **3**	し/よん **4**
i.chi	ni	sa.n	shi / yo.n
1	2	3	4

ご **5**	ろく **6**	しち/なな **7**	はち **8**
go	ro.ku	shi.chi i / na.na	ha.chi
5	6	7	8

きゅう/く **9**	じゅう **10**	よんじゅう **40**	ななじゅう **70**
kyu.u / ku	ju.u	yo.n.ju.u	na.na.ju.u
9	10	40	70

きゅうじゅう **90**	ひゃく **100**	せん **1000**	いち まん **1万**
kyu.u.ju.u	hya.ku	se.n	i.chi.ma.n
90	100	1000	1萬

じゅう まん **10万**	ひゃく まん **100万**	いっ せん まん **1000万**	いち おく **1億**
ju.u.ma.n	hya.ku.ma.n	i.s.se.n.ma.n	i.chi.o.ku
10萬	100萬	1000萬	1億

※4 日圓必需念成 4円（< yo e.n>）。
よえん

特殊念法

さんびゃく **300**	ろっぴゃく **600**	はっぴゃく **800**
sa.n.bya.ku	ro.p.pya.ku	ha.p.pya.ku
300	600	800

さん ぜん **3000**	はっ せん **8000**
sa.n.ze.n	ha.s.se.n
3000	8000

おいくつですか。
o i.ku.tsu de.su ka
請問您幾歲？

　　　　才です。
　　　　sa.i de.su
　　　　歲。

※8 歲要念成「8才」（< ha.s.sa.i >），20 歲要念成「20才」（< ha.ta.chi >）。

何人家族ですか。
na.n.ni.n ka.zo.ku de.su ka
家族有幾個人呢？

　　　　人家族です。
　　　　ni.n ka.zo.ku de.su
我家有　　　　個人。

※4 個人必須念成 4人（< yo ni.n >）。

でん わ ばんごう　　なんばん
お電話番号は何番ですか。
o de.n.wa.ba.n.go.o wa na.n.ba.n de.su ka
您的電話號碼是幾號？

ゼロさんのさんなないちごのいちにさんよん
0 3 - 3 7 15 - 1 2 3 4　です。
ze.ro.sa.n no sa.n.na.na.i.chi.go no i.chi.ni.sa.n.yo.n de.su
03-3715-1234。

ひゃく とお ばん
※ 報警專線要念成「１１０番」（< hya.ku.to.o.ba.n >）。

へ や
部屋はどこにありますか。
he.ya wa do.ko ni a.ri.ma.su ka
房間在哪裡？

きゃくさま　　　　　へ や　　　　かい　　　ごうしつ
お 客様 のお部屋は〜階の〜号室になります。
o kya.ku.sa.ma no o he.ya wa 〜 ka.i no 〜 go.o.shi.tsu ni na.ri.ma.su
客人您的房間在〜樓的〜號房。

まる
※ 幾號房、幾號教室的「0」要念成「０」，例如「３０６号室」（< sa.n.ma.ru.ro.ku
さんまるろく ごうしつ
go.o.shi.tsu >；306 號房）。

不會説的
時候比這裡

其他

ゼロ / れい	に ぶん いち **2分の1**	よん ぶん さん **4分の3**	れいてんさん **0 . 3**
ze.ro / re.e	ni.bu.n no i.chi	yo.n.bu.n no sa.n	re.e.te.n sa.n
0	2 分之 1	4 分之 3	0.3

年月日 ne.n.ga.p.pi；年月日

年

今年は平成何年ですか。
ko.to.shi wa he.e.se.e na.n.ne.n de.su ka
今年是平成幾年？

平成 _____ です。
he.e.se.e _____ de.su
平成 _____ 。

不會説的時候比這裡

1年 いち ねん	**2年** に ねん	**3年** さん ねん	**4年** よ ねん
i.chi.ne.n 1年	ni.ne.n 2年	sa.n.ne.n 3年	yo.ne.n 4年
5年 ご ねん	**6年** ろく ねん	**7年** しち / なな ねん	**8年** はち ねん
go.ne.n 5年	ro.ku.ne.n 6年	shi.chi / na.na.ne.n 7年	ha.chi.ne.n 8年
9年 きゅう / く ねん	**10年** じゅう ねん		
kyu.u / ku.ne.n 9年	ju.u.ne.n 10年		

※ 欲表示年份的累計，在後面加上「間」（< ka.n >）即可（也可以省略）。

私は日本に～年間住んだことがあります。
wa.ta.shi wa ni.ho.n ni ～ ne.n.ka.n su.n.da ko.to ga a.ri.ma.su
我在日本住過～年。

數字篇

227

月

なんがつ う
何月生まれですか。
na.n.ga.tsu u.ma.re de.su ka
你是幾月生的。

わたし
私は [　　　　] **生まれです。**
う

wa.ta.shi wa [　　　　] u.ma.re de.su

我是 [　　　　] 出生的。

不會説的
時候比這裡

いち がつ
1月
i.chi.ga.tsu
1 月

に がつ
2月
ni.ga.tsu
2 月

さん がつ
3月
sa.n.ga.tsu
3 月

し がつ
4月
shi.ga.tsu
4 月

ご がつ
5月
go.ga.tsu
5 月

ろく がつ
6月
ro.ku.ga.tsu
6 月

しち がつ
7月
shi.chi.ga.tsu
7 月

はち がつ
8月
ha.chi.ga.tsu
8 月

く がつ
9月
ku.ga.tsu
9 月

じゅう がつ
10月
ju.u.ga.tsu
10 月

じゅういち がつ
11月
ju.u.i.chi.ga.tsu
11 月

じゅう に がつ
12月
ju.u.ni.ga.tsu
12 月

ふゆやす　なんがつ
冬休みは何月からですか。
fu.yu.ya.su.mi wa na.n.ga.tsu ka.ra de.su ka
寒假是從什麼時候開始呢？

がつ
〜月からです。
〜 .ga.tsu ka.ra de.su
從〜月開始。

月份的累計

にほんごがっこう　べんきょう
□□□□□くらい、日本語学校で勉強したことがあります。
□□□□□ ku.ra.i ni.ho.n.go ga.k.ko.o de be.n.kyo.o.shi.ta ko.to ga a.ri.ma.su
我曾在日語學校讀過 □□□□□ 左右的書。

不會說的
時候比這裡

ひと つき **1 月** hi.to.tsu.ki 1 個月	いっ げつ **1 か月** i.k.ka.ge.tsu 1 個月	ふた つき **2 月** fu.ta.tsu.ki 2 個月	に げつ **2 か月** ni.ka.ge.tsu 2 個月
さん げつ **3 か月** sa.n.ka.ge.tsu 3 個月	よん げつ **4 か月** yo.n.ka.ge.tsu 4 個月	ご げつ **5 か月** go.ka.ge.tsu 5 個月	
ろっ げつ **6 か月** ro.k.ka.ge.tsu 6 個月	なな げつ **7 か月** na.na.ka.ge.tsu 7 個月	はっ げつ **8 か月** ha.k.ka.ge.tsu 8 個月	
きゅう げつ **9 か月** kyu.u.ka.ge.tsu 9 個月	じゅっ/じっ げつ **10 か月** ju.k / ji.k.ka.ge.tsu 10 個月	はんとし **半年** ha.n.to.shi 半年	

げつ　　　　　　　　　　　　　　げつ
※「〜か月」也可以寫成「〜ヶ月」（< 〜 ka.ge.tsu >）。

日

　　　　　、日本に着いたばかりです。

ni.ho.n ni tsu.i.ta ba.ka.ri de.su

剛到日本。

不會說的
時候比這裡

おととい	昨日	今日
o.to.to.i	ki.no.o	kyo.o
前天	昨天	今天

今日は何日ですか。
kyo.o wa na.n.ni.chi de.su ka
今天是幾號？

　　　　　です。

de.su

。

不會說的
時候比這裡

1日	2日	3日	4日
tsu.i.ta.chi	fu.tsu.ka	mi.k.ka	yo.k.ka
1號	2號	3號	4號
5日	6日	7日	8日
i.tsu.ka	mu.i.ka	na.no.ka	yo.o.ka
5號	6號	7號	8號

ここ の か **9日** ko.ko.no.ka 9 號	**とお か** **10日** to.o.ka 10 號	**じゅうよっ か** **14日** ju.u.yo.k.ka 14 號	**じゅうしち にち** **17日** ju.u.shi.chi.ni.chi 17 號
じゅうく にち **19日** ju.u.ku.ni.chi 19 號	**はつか** **20日** ha.tsu.ka 20 號	**さんじゅう にち** **30日** sa.n.ju.u.ni.chi 30 號	**さんじゅういち にち** **31日** sa.n.ju.u i.chi.ni.chi 31 號

たんじょう び
お誕生日はいつですか。
o ta.n.jo.o.bi wa i.tsu de.su ka
您生日是什麼時候？

ねん　がつ　にち
〜年〜月〜日です。
〜 .ne.n 〜 .ga.tsu 〜 .ni.chi de.su
〜年〜月〜日。

日的累計

日本にはどのくらい滞在しますか。
ni.ho.n ni wa do.no ku.ra.i ta.i.za.i.shi.ma.su ka
在日本會停留多久呢？

_____ です。
_____ de.su
_____ 。

不會説的
時候比這裡

いち にち **1日**	ふつ か かん **2日間**	みっ か かん **3日間**	よっ か かん **4日間**
i.chi.ni.chi	fu.tsu.ka.ka.n	mi.k.ka.ka.n	yo.k.ka.ka.n
1天	2天	3天	4天
いつ か かん **5日間**	むい か かん **6日間**	なの か かん **7日間**	よう か かん **8日間**
i.tsu.ka.ka.n	mu.i.ka.ka.n	na.no.ka.ka.n	yo.o.ka.ka.n
5天	6天	7天	8天
ここの か かん **9日間**	とお か かん **10日間**	いっしゅうかん **一週間**	いっ げつ **一か月**
ko.ko.no.ka.ka.n	to.o.ka.ka.n	i.s.shu.u.ka.n	i.k.ka.ge.tsu
9天	10天	一個禮拜	一個月

※1～10天的「間」可省略。

今日は何曜日ですか。
kyo.o wa na.n.yo.o.bi de.su ka
今天是星期幾？

□□□ です。
□□□ de.su
□□□ 。

不會説的時候比這裡

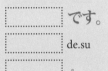

にちようび **日曜日**	げつようび **月曜日**	かようび **火曜日**	すいようび **水曜日**
ni.chi.yo.o.bi	ge.tsu.yo.o.bi	ka.yo.o.bi	su.i.yo.o.bi
星期天	星期一	星期二	星期三

もくようび **木曜日**	きんようび **金曜日**	どようび **土曜日**	
mo.ku.yo.o.bi	ki.n.yo.o.bi	do.yo.o.bi	
星期四	星期五	星期六	

數字篇

MP3
68

<ruby>時間<rt>じ かん</rt></ruby> ji.ka.n；時間

時・分

<ruby>今<rt>いま</rt></ruby>は<ruby>何時<rt>なん じ</rt></ruby>ですか。
i.ma wa na.n.ji de.su ka
現在幾點了？

☐☐☐☐です。
☐☐☐☐ de.su
☐☐☐☐ 。

不會説的
時候比這裡

いち じ **1時**	に じ **2時**	さん じ **3時**	よ じ **4時**
i.chi.ji	ni.ji	sa.n.ji	yo.ji
1點	2點	3點	4點
こ じ **5時**	ろく じ **6時**	しち じ **7時**	はち じ **8時**
go.ji	ro.ku.ji	shi.chi.ji	ha.chi.ji
5點	6點	7點	8點
く じ **9時**	じゅう じ **10時**	じゅういち じ **11時**	じゅうに じ **12時**
ku.ji	ju.u.ji	ju.u.i.chi.ji	ju.u.ni.ji
9點	10點	11點	12點

<ruby>1<rt>いっ</rt>分<rt>ぷん</rt></ruby>

i.p.pu.n

1分

<ruby>2<rt>に</rt>分<rt>ふん</rt></ruby>

ni.fu.n

2分

<ruby>3<rt>さん</rt>分<rt>ぷん</rt></ruby>

sa.n.pu.n

3分

<ruby>4<rt>よん</rt>分<rt>ぷん</rt></ruby>

yo.n.pu.n

4分

<ruby>5<rt>ご</rt>分<rt>ふん</rt></ruby>

go.fu.n

5分

<ruby>6<rt>ろっ</rt>分<rt>ぷん</rt></ruby>

ro.p.pu.n

6分

<ruby>7<rt>しち/なな</rt>分<rt>ふん</rt></ruby>

shi.chi / na.na.fu.n

7分

<ruby>8<rt>はっ</rt>分<rt>ぷん</rt></ruby>

ha.p.pu.n

8分

<ruby>9<rt>じゅう</rt>分<rt>ふん</rt></ruby>

kyu.u.fu.n

9分

<ruby>10<rt>じゅっ/じっ</rt>分<rt>ぷん</rt></ruby>

ju.p / ji.p.pu.n

10分

<ruby>39<rt>さんじゅうきゅう</rt>分<rt>ふん</rt></ruby>

sa.n.ju.u.kyu.u.fu.n

39分

<ruby>51<rt>ごじゅういっ</rt>分<rt>ぷん</rt></ruby>

go.ju.u.i.p.pu.n

51分

※ <ruby>3<rt>さん</rt>時<rt>じ</rt>半<rt>はん</rt></ruby>（＜sa.n.ji ha.n＞；3點半）

すうじへん
数字編 su.u.ji he.n
数字篇

MP3
69

すうりょうし
数量詞 su.u.ryo.o.shi ；數量詞

これを ＿＿＿＿ ください。

ko.re o ＿＿＿＿ ku.da.sa.i

請給我 ＿＿＿＿ 這個。

不會說的
時候比這裡

個（漢語用法）

いっこ **1個**	にこ **2個**	さんこ **3個**	よんこ **4個**
i.k.ko	ni.ko	sa.n.ko	yo.n.ko
1個	2個	3個	4個

ごこ **5個**	ろっこ **6個**	ななこ **7個**	はっこ **8個**
go.ko	ro.k.ko	na.na.ko	ha.k.ko
5個	6個	7個	8個

きゅうこ **9個**	じゅっこ **10個**		
kyu.u.ko	ju.k.ko		
9個	10個		

不會說的
時候比這裡

個（和語用法）

ひと **1つ**	ふた **2つ**	みっ **3つ**	よっ **4つ**
hi.to.tsu	fu.ta.tsu	mi.t.tsu	yo.t.tsu
1個	2個	3個	4個

いつ
5つ
i.tsu.tsu
5 個

むっ
6つ
mu.t.tsu
6 個

なな
7つ
na.na.tsu
7 個

やっ
8つ
ya.t.tsu
8 個

ここの
9つ
ko.ko.no.tsu
9 個

とお
10
to.o
10 個

人數

きゃくさま　なんめいさま
お客様、何名様ですか。
o kya.ku.sa.ma na.n.me.e.sa.ma de.su ka
請問客人有幾位？

です。
de.su
。

不會說的時候比這裡

ひとり
1人
hi.to.ri
1 個人

ふたり
2人
fu.ta.ri
2 個人

さん にん
3人
sa.n.ni.n
3 個人

よ にん
4人
yo.ni.n
4 個人

ご にん
5人
go.ni.n
5 個人

數字篇

你也可以
這樣回答

いち めい
1名
i.chi.me.e
1位

に めい
2名
ni.me.e
2位

さん めい
3名
sa.n.me.e
3位

よん めい
4名
yo.n.me.e
4位

ご めい
5名
go.me.e
5位

これを　☐☐☐☐ ください

ko.re o ☐☐☐☐ ku.da.sa.i

請給我這個 ☐☐☐☐ 。

不會說的
時候比這裡

人份

いち にんまえ
1人前
i.chi.ni.n.ma.e
1人份

に にんまえ
2人前
ni.ni.n.ma.e
2人份

さん にんまえ
3人前
sa.n.ni.n.ma.e
3人份

よ にんまえ
4人前
yo.ni.n.ma.e
4人份

ご にんまえ
5人前
go.ni.n.ma.e
5人份

ろく にんまえ
6人前
ro.ku.ni.n.ma.e
6人份

しち/なな にんまえ
7 人前

shi.chi / na.na.ni.n.ma.e
7 人份

はち にんまえ
8 人前

ha.chi.ni.n.ma.e
8 人份

きゅう にんまえ
9 人前

kyu.u.ni.n.ma.e
9 人份

じゅう にんまえ
10 人前

ju.u.ni.n.ma.e
10 人份

不會説的
時候比這裡

杯、碗的單位

いっ ぱい
1 杯

i.p.pa.i
1 杯（碗）

に はい
2 杯

ni.ha.i
2 杯（碗）

さん ばい
3 杯

sa.n.ba.i
3 杯（碗）

よん はい
4 杯

yo.n.ha.i
4 杯（碗）

ご はい
5 杯

go.ha.i
5 杯（碗）

ろっ ぱい
6 杯

ro.p.pa.i
6 杯（碗）

なな はい
7 杯

na.na.ha.i
7 杯（碗）

はっ ぱい
8 杯

ha.p.pa.i
8 杯（碗）

きゅう はい
9 杯

kyu.u.ha.i
9 杯（碗）

じゅっ ぱい
10 杯

ju.p.pa.i
10 杯（碗）

數字篇

不會説的
時候比這裡

瓶、枝、串單位

<ruby>1本<rt>いっぽん</rt></ruby>
i.p.po.n
1 瓶（枝；串）

<ruby>2本<rt>にほん</rt></ruby>
ni.ho.n
2 瓶（枝；串）

<ruby>3本<rt>さんぼん</rt></ruby>
sa.n.bo.n
3 瓶（枝；串）

<ruby>4本<rt>よんほん</rt></ruby>
yo.n.ho.n
4 瓶（枝；串）

<ruby>5本<rt>ごほん</rt></ruby>
go.ho.n
5 瓶（枝；串）

<ruby>6本<rt>ろっぽん</rt></ruby>
ro.p.po.n
6 瓶（枝；串）

<ruby>7本<rt>ななほん</rt></ruby>
na.na.ho.n
7 瓶（枝；串）

<ruby>8本<rt>はっぽん</rt></ruby>
ha.p.po.n
8 瓶（枝；串）

<ruby>9本<rt>きゅうほん</rt></ruby>
kyu.u.ho.n
9 瓶（枝；串）

<ruby>10本<rt>じゅっ/じっぽん</rt></ruby>
ju.p / ji.p.po.n
10 瓶（枝；串）

不會説的
時候比這裡

盒、箱的單位

<ruby>1箱<rt>ひとはこ</rt></ruby>
hi.to.ha.ko
1盒（箱）

<ruby>2箱<rt>ふたはこ</rt></ruby>
fu.ta.ha.ko
2盒（箱）

<ruby>3箱<rt>さんぱこ</rt></ruby>
sa.n.pa.ko
3盒（箱）

<ruby>4箱<rt>よんはこ</rt></ruby>
yo.n.ha.ko
4盒（箱）

ご はこ
5 箱
go.ha.ko
5 盒（箱）

ろっ ぱこ
6 箱
ro.p.pa.ko
6 盒（箱）

なな はこ
7 箱
na.na.ha.ko
7 盒（箱）

はっ ぱこ
8 箱
ha.p.pa.ko
8 盒（箱）

きゅう はこ
9 箱
kyu.u.ha.ko
9 盒（箱）

じゅっ / じっ ぱこ
10 箱
ju.p / ji.p.pa.ko
10 盒（箱）

すみません、□□□□を押してください。

su.mi.ma.se.n □□□□ o o.shi.te ku.da.sa.i

不好意思，請幫我按 □□□□ 。

不會説的
時候比這裡

樓層的單位

いっ かい
1 階
i.k.ka.i
1 樓

に かい
2 階
ni.ka.i
2 樓

さん がい
3 階
sa.n.ga.i
3 樓

よん かい
4 階
yo.n.ka.i
4 樓

ご かい
5 階
go.ka.i
5 樓

ろっ かい
6 階
ro.k.ka.i
6 樓

なな かい
7 階
na.na.ka.i
7 樓

はっ / はち かい
8 階
ha.k / ha.chi.ka.i
8 樓

きゅう かい
9 階
kyu.u.ka.i
9 樓

じゅっ / じっ かい
10 階
ju.k / ji.k.ka.i
10 樓

數字篇

不會説的
時候比這裡

其他單位

<ruby>1<rt>いち</rt>枚<rt>まい</rt></ruby>
i.chi.ma.i
1 張

<ruby>1<rt>いっ</rt>着<rt>ちゃく</rt></ruby>
i.c.cha.ku
1 件（衣服）

<ruby>1<rt>いっ</rt>足<rt>そく</rt></ruby>
i.s.so.ku
1 雙（鞋子、襪子）

<ruby>1<rt>いっ</rt>冊<rt>さつ</rt></ruby>
i.s.sa.tsu
1 本（書籍）

<ruby>1<rt>ひと</rt>切<rt>き</rt>れ</ruby>
hi.to.ki.re
1 塊、1 片

<ruby>1<rt>いち</rt>リットル</ruby>
i.chi.ri.t.to.ru
1 公升

<ruby>1<rt>いち</rt>キロ</ruby>
i.chi.ki.ro
1 公斤

<ruby>100<rt>ひゃく</rt>グラム</ruby>
hya.ku.gu.ra.mu
100 公克

日本人と話す

<ruby>日<rt>に</rt></ruby><ruby>本<rt>ほん</rt></ruby><ruby>人<rt>じん</rt></ruby>と<ruby>話<rt>はな</rt></ruby>す　ni.ho.n.ji.n to ha.na.su
和日本人交談

MP3 70

<ruby>挨拶<rt>あいさつ</rt></ruby> a.i.sa.tsu；打招呼

<ruby>今日<rt>きょう</rt></ruby>は ▢▢▢▢ ですね。

kyo.o wa ▢▢▢▢ de.su ne

今天 ▢▢▢▢ 啊。

不會説的
時候比這裡

いい<ruby>天気<rt>てんき</rt></ruby>	<ruby>寒<rt>さむ</rt></ruby>い	<ruby>暑<rt>あつ</rt></ruby>い
i.i te.n.ki	sa.mu.i	a.tsu.i
天氣真好	真冷	真熱

<ruby>涼<rt>すず</rt></ruby>しい	すごい<ruby>雨<rt>あめ</rt></ruby>
su.zu.shi.i	su.go.i a.me
真涼爽	雨下得真大

そうですね。
so.o de.su ne
真的。

〜ですね。
〜 de.su ne
〜。（將對方所説的話重複一遍即可）

☆★旅遊小補帖

如何與日本人寒暄？

　　除了你好、早安、午安、晚安，日本人還喜歡利用天氣的話題來打招呼。據説是因為日本四季分明，大家對氣候的變化較為敏感，再加上日本人頗注重個人隱私，招呼多是點到為止，這個既不牽涉個人隱私，又不必傷腦筋的話題，自然而然就成了最普遍的招呼語。

　　出國旅遊若能和當地人交談，也是收獲，如何跟日本人開啟話題，「<ruby>今日<rt>きょう</rt></ruby>はいい<ruby>天気<rt>てんき</rt></ruby>ですね（< kyo.o wa i.i te.n.ki de.su ne >；今天天氣真好啊）」這樣的寒暄再合適也不過了。如果碰到友善的日本人主動跟你打招呼怎麼辦？只要回答「そうですね（< so.o de.su ne >；真的）」或把他的話重複一遍如「<ruby>暑<rt>あつ</rt></ruby>いですね（< a.tsu.i de.su ne >；真熱啊）」即可。

和日本人交談

243

MP3 71

自己紹介　ji.ko.sho.o.ka.i；自我介紹

私は台湾から来ました。
wa.ta.shi wa ta.i.wa.n ka.ra ki.ma.shi.ta
我從台灣來的。

日本は初めてですか。
ni.ho.n wa ha.ji.me.te de.su ka
第１次來日本嗎？

はい、初めてです。
ha.i ha.ji.me.te de.su
是的，是第１次。

いいえ、〜回目です。
i.i.e 〜 .ka.i.me de.su
不，是第〜次。

日本はどうですか。
ni.ho.n wa do.o de.su ka
覺得日本如何？

景色がとてもきれいです。
ke.shi.ki ga to.te.mo ki.re.e de.su
風景非常漂亮。

料理がおいしいです。
ryo.o.ri ga o.i.shi.i de.su
料理很美味。

台湾に行ったことがありますか。
ta.i.wa.n ni i.t.ta ko.to ga a.ri.ma.su ka
去過台灣嗎？

はい、～回です。
ha.i ～ .ka.i de.su
有，～次。

いいえ、行ったことがありません。
i.i.e i.t.ta ko.to ga a.ri.ma.se.n
不，沒去過。

台湾はどうですか。
ta.i.wa.n wa do.o de.su ka
覺得台灣如何？

果物がおいしかったです。
ku.da.mo.no ga o.i.shi.ka.t.ta de.su
水果很好吃。

夜市が面白かったです。
yo.i.chi ga o.mo.shi.ro.ka.t.ta de.su
夜市很有趣。

台湾はどこがおすすめですか。
た い わ ん
ta.i.wa.n wa do.ko ga o su.su.me de.su ka
台灣哪裡推薦呢？

☐☐☐☐☐ はいいですよ

☐☐☐☐☐ wa i.i de.su yo

☐☐☐☐☐ 很好喔。

不會說的
時候比這裡

| 東海岸 | 台北 | 南部 | 中部 |
ひがしかいがん	タイペイ	なんぶ	ちゅうぶ
hi.ga.shi.ka.i.ga.n	ta.i.pe.e	na.n.bu	chu.u.bu
東海岸	台北	南部	中部

おすすめの食べ物はありますか。
た もの
o su.su.me no ta.be.mo.no wa a.ri.ma.su ka
有推薦的食物嗎？

☐☐☐☐☐ はとてもおいしいですよ。

☐☐☐☐☐ wa to.te.mo o.i.shi.i de.su yo

☐☐☐☐☐ 很好吃喔。

不會說的
時候比這裡

点心
てんしん
te.n.shi.n
點心

小籠包
ショウロンポー
sho.o.ro.n.po.o
小籠包

臭豆腐
しゅうどうふ

shu.u.do.o.fu
臭豆腐

牡蠣オムレツ
かき
ka.ki o.mu.re.tsu
蚵仔煎

大根餅
だいこんもち

da.i.ko.n mo.chi

蘿蔔糕

豚の血餅
ぶた ち もち

bu.ta no chi.mo.chi

豬血糕

台湾式さつま揚げ
たいわんしき あ

ta.i.wa.n.shi.ki sa.tsu.ma.a.ge

甜不辣

台湾式ライスプリン
たいわんしき

ta.i.wa.n.shi.ki ra.i.su.pu.ri.n

碗粿

海老蒸し餃子
えび む ぎょう ざ

e.bi mu.shi gyo.o.za

蒸蝦餃

もみじの甘辛煮
あまから に

mo.mi.ji no a.ma.ka.ra.ni

鼓汁鳳爪

ライスクレープ

ra.i.su ku.re.e.pu

腸粉

ご飯物
はんもの

go.ha.n.mo.no

飯類

魯肉飯
ルーローハン

ru.u.ro.o.ha.n

魯肉飯

粽
ちまき

chi.ma.ki

粽子

豚の角煮ご飯
ぶた かく に はん

bu.ta no ka.ku.ni go.ha.n

焢肉飯

鶏肉の細切りご飯
とりにく ほそ ぎ はん

to.ri.ni.ku no ho.so.gi.ri go.ha.n

雞肉飯

麺類
めんるい

me.n.ru.i

麵類

牡蠣そうめん
かき

ka.ki so.o.me.n

蚵仔麵線

汁ビーフン
しる

shi.ru bi.i.fu.n
米粉湯

焼きビーフン
や

ya.ki bi.i.fu.n
炒米粉

担仔麺
タンツーメン

ta.n.tsu.u me.n
擔仔麵

牛肉麺
ぎゅうにくめん

gyu.u.ni.ku me.n
牛肉麵

スープ

su.u.pu
湯品

肉（烏賊）のとろみスープ
にく　　いか

ni.ku (i.ka) no to.ro.mi su.u.pu
肉（花枝）羹

魚のつみれスープ
さかな

sa.ka.na no tsu.mi.re su.u.pu
魚丸湯

デザート

de.za.a.to
甜點

かき氷
こおり

ka.ki.go.o.ri
刨冰

タピオカミルクティー

ta.pi.o.ka mi.ru.ku.ti.i
珍珠奶茶

パパイヤミルク

pa.pa.i.ya mi.ru.ku
木瓜牛奶

マンゴーアイス

ma.n.go.o a.i.su
芒果冰

その他
た

so.no ta
其他

からすみ

ka.ra.su mi
烏魚子

腸詰
ちょうづめ

cho.o.zu.me
香腸

台湾^{たいわん}に行^いったことはないけど、行^いってみたいです。
ta.i.wa.n ni i.t.ta ko.to wa na.i ke.do i.t.te mi.ta.i de.su
雖然沒去過台灣，但很想去看看。

これは私^{わたし}の _____ です。

ko.re wa wa.ta.shi no _____ de.su

這是我的 _____ 。

不會説的
時候比這裡

アドレス

a.do.re.su
網址

電話番号^{でんわばんごう}

de.n.wa.ba.n.go.o
電話號碼

携帯番号^{けいたいばんごう}

ke.e.ta.i.ba.n.go.o
行動號碼

住所^{じゅうしょ}

ju.u.sho
地址

もし、 _____ に寄^よることがあれば、
ぜひ声^{こえ}をかけてください。

mo.shi _____ ni yo.ru ko.to ga a.re.ba ze.hi ko.e o ka.ke.te ku.da.sa.i

如果有去 _____ 的話，一定要跟我説一聲。

不會説的
時候比這裡

台北^{タイペイ}	台中^{たいちゅう}	台南^{たいなん}	高雄^{たかお}	花蓮^{かれん}
ta.i.pe.e	ta.i.chu.u	ta.i.na.n	ta.ka.o	ka.re.n
台北	台中	台南	高雄	花蓮

〇〇〇〇を案内しますよ。
あんない

〇〇〇〇 o a.n.na.i.shi.ma.su yo

我會帶你去〇〇〇〇。

不會説的
時候比這裡

おいしい店
みせ

o.i.shi.i mi.se
好吃的店

夜市
よ いち

yo.i.chi
夜市

旧市街
きゅう し がい

kyu.u.shi.ga.i
老街

人気スポット
にん き

ni.n.ki su.po.t.to
人氣景點

ありがとうございます。
機会がありましたら、ぜひお願いします。
き かい　　　　　　　　　　　　ねが

a.ri.ga.to.o go.za.i.ma.su ki.ka.i ga a.ri.ma.shi.ta.ra ze.hi o ne.ga.i shi.ma.su
謝謝。如果有機會的話，一定麻煩您。

今日お話できてとても楽しかったです。
きょう　　はなし　　　　　　　　たの

kyo.o o ha.na.shi de.ki.te to.te.mo ta.no.shi.ka.t.ta de.su
今天能跟您交談很開心。

お名前を伺ってもよろしいですか。
な まえ　　うかが

o na.me.e o u.ka.ga.t.te mo yo.ro.shi.i de.su ka
能請教您的大名嗎？

附錄

日語音韻表

〔清音〕

	あ段	い段	う段	え段	お段
あ行	あ ア a	い イ i	う ウ u	え エ e	お オ o
か行	か カ ka	き キ ki	く ク ku	け ケ ke	こ コ ko
さ行	さ サ sa	し シ shi	す ス su	せ セ se	そ ソ so
た行	た タ ta	ち チ chi	つ ツ tsu	て テ te	と ト to
な行	な ナ na	に ニ ni	ぬ ヌ nu	ね ネ ne	の ノ no
は行	は ハ ha	ひ ヒ hi	ふ フ fu	へ ヘ he	ほ ホ ho
ま行	ま マ ma	み ミ mi	む ム mu	め メ me	も モ mo
や行	や ヤ ya		ゆ ユ yu		よ ヨ yo
ら行	ら ラ ra	り リ ri	る ル ru	れ レ re	ろ ロ ro
わ行	わ ワ wa				を ヲ o
	ん ン n				

〔濁音・半濁音〕

が ガ	ぎ ギ	ぐ グ	げ ゲ	ご ゴ
ga	gi	gu	ge	go
ざ ザ	じ ジ	ず ズ	ぜ ゼ	ぞ ゾ
za	ji	zu	ze	zo
だ ダ	ぢ ヂ	づ ヅ	で デ	ど ド
da	ji	zu	de	do
ば バ	び ビ	ぶ ブ	べ ベ	ぼ ボ
ba	bi	bu	be	bo
ぱ パ	ぴ ピ	ぷ プ	ぺ ペ	ぽ ポ
pa	pi	pu	pe	po

〔拗音〕

きゃ キャ	きゅ キュ	きょ キョ	しゃ シャ	しゅ シュ	しょ ショ
kya	kyu	kyo	sha	shu	sho
ちゃ チャ	ちゅ チュ	ちょ チョ	にゃ ニャ	にゅ ニュ	にょ ニョ
cha	chu	cho	nya	nyu	nyo
ひゃ ヒャ	ひゅ ヒュ	ひょ ヒョ	みゃ ミャ	みゅ ミュ	みょ ミョ
hya	hyu	hyo	mya	myu	myo
りゃ リャ	りゅ リュ	りょ リョ	ぎゃ ギャ	ぎゅ ギュ	ぎょ ギョ
rya	ryu	ryo	gya	gyu	gyo
じゃ ジャ	じゅ ジュ	じょ ジョ	びゃ ビャ	びゅ ビュ	びょ ビョ
ja	ju	jo	bya	byu	byo
ぴゃ ピャ	ぴゅ ピュ	ぴょ ピョ			
pya	pyu	pyo			

日本的行政區與各縣市

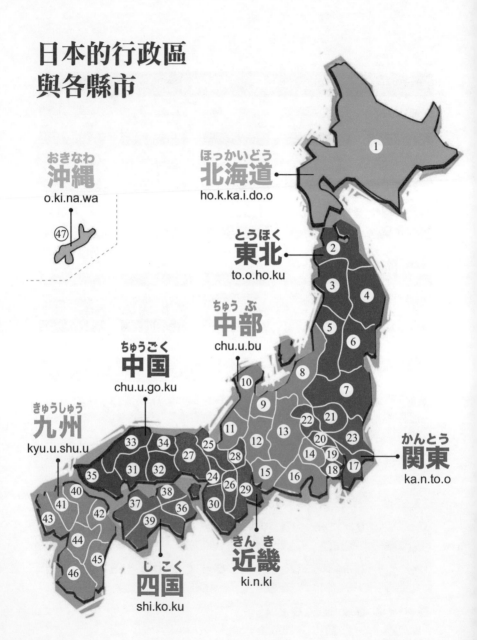

おきなわ
沖縄
o.ki.na.wa

㊼

ほっかいどう
北海道
ho.k.ka.i.do.o

とうほく
東北
to.o.ho.ku

ちゅう　ぶ
中部
chu.u.bu

ちゅうごく
中国
chu.u.go.ku

きゅうしゅう
九州
kyu.u.shu.u

かんとう
関東
ka.n.to.o

きん　き
近畿
ki.n.ki

し　こく
四国
shi.ko.ku

① ほっかいどう
北海道
ho.k.ka.i.do.o

② あおもりけん
青森県
a.o.mo.ri ke.n

③ あきたけん
秋田県
a.ki.ta ke.n

④ いわてけん
岩手県
i.wa.te ke.n

⑤ やまがたけん
山形県
ya.ma.ga.ta ke.n

⑥ みやぎけん
宮城県
mi.ya.gi ke.n

⑦ ふくしまけん
福島県
fu.ku.shi.ma ke.n

⑧ にいがたけん
新潟県
ni.i.ga.ta ke.n

⑨ とやまけん
富山県
to.ya.ma ke.n

⑩ いしかわけん
石川県
i.shi.ka.wa ke.n

⑪ ふくいけん
福井県
fu.ku.i ke.n

⑫ ぎふけん
岐阜県
gi.fu ke.n

⑬ ながのけん
長野県
na.ga.no ke.n

⑭ やまなしけん
山梨県
ya.ma.na.shi ke.n

⑮ あいちけん
愛知県
a.i.chi ke.n

⑯ しずおかけん
静岡県
shi.zu.o.ka ke.n

富山縣五箇山合掌造聚落

17 千葉県
ちばけん
chi.ba ke.n

18 神奈川県
かながわけん
ka.na.ga.wa ke.n

19 東京都
とうきょうと
to.o.kyo.o to

20 埼玉県
さいたまけん
sa.i.ta.ma ke.n

21 栃木県
とちぎけん
to.chi.gi ke.n

22 群馬県
ぐんまけん
gu.n.ma ke.n

23 茨城県
いばらきけん
i.ba.ra.ki ke.n

24 大阪府
おおさかふ
o.o.sa.ka fu

25 京都府
きょうとふ
kyo.o.to fu

26 奈良県
ならけん
na.ra ke.n

27 兵庫県
ひょうごけん
hyo.o.go ke.n

京都府金閣寺

28 滋賀県
しがけん
shi.ga ke.n

29 三重県
みえけん
mi.e ke.n

30 和歌山県
わかやまけん
wa.ka.ya.ma ke.n

31 広島県
ひろしまけん
hi.ro.shi.ma ke.n

32 岡山県	33 島根県	34 鳥取県	35 山口県
おか やま けん	しま ね けん	とっ とり けん	やま ぐち けん
o.ka.ya.ma ke.n	shi.ma.ne ke.n	to.t.to.ri ke.n	ya.ma.gu.chi ke.n

36 徳島県	37 愛媛県	38 香川県	39 高知県
とく しま けん	え ひめ けん	か がわ けん	こう ち けん
to.ku.shi.ma ke.n	e.hi.me ke.n	ka.ga.wa ke.n	ko.o.chi ke.n

40 福岡県	41 佐賀県	42 大分県	43 長崎県
ふく おか けん	さ が けん	おお いた けん	なが さき けん
fu.ku.o.ka ke.n	sa.ga ke.n	o.o.i.ta ke.n	na.ga.sa.ki ke.n

44 熊本県	45 宮崎県	46 鹿児島県	47 沖縄県
くま もと けん	みや ざき けん	か ご しま けん	おき なわ けん
ku.ma.mo.to ke.n	mi.ya.za.ki ke.n	ka.go.shi.ma ke.n	o.ki.na.wa ke.n

沖縄縣招福獅

東京都電車路線圖

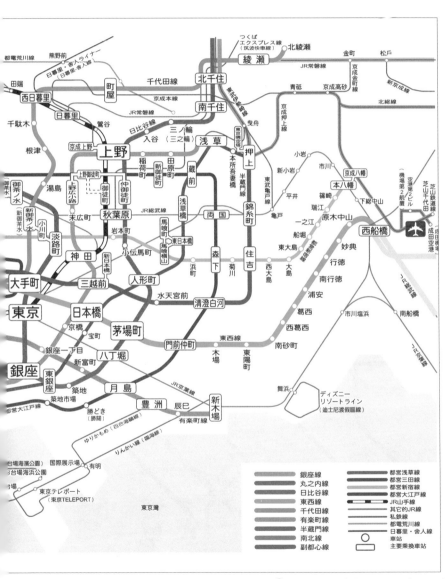

© 2013 Royal Orchid International Co., Ltd

橫濱電車路線圖

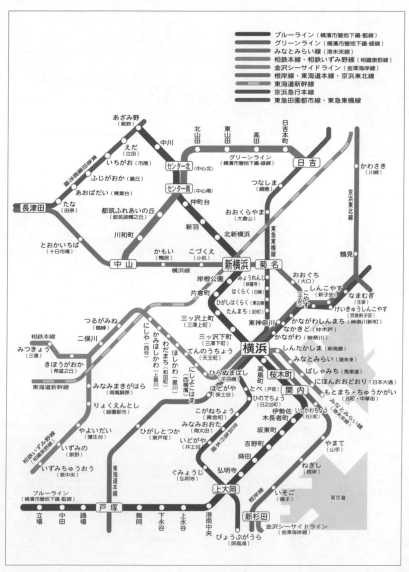

© 2013 Royal Orchid International Co., Ltd

大阪電車路線圖

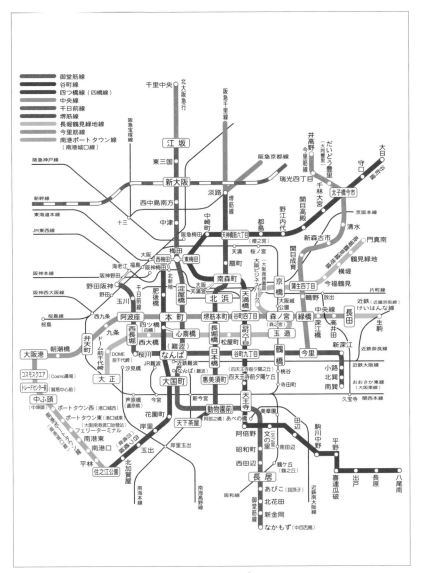

© 2013 Royal Orchid International Co., Ltd

名古屋電車路線圖

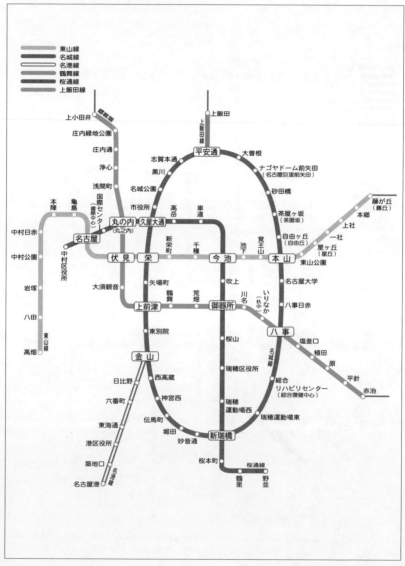

東山線
名城線
名港線
鶴舞線
桜通線
上飯田線

上小田井
庄内緑地公園
庄内
浄心
浅間町
国際センタ
（國際中心）
本陣
亀島
名古屋
中村日赤
中村区役所
中村公園
岩塚
八田
高畑
東山線

上飯田
上飯田線
平安通
志賀本通
黒川
名城公園
市役所
丸の内
（丸之內）
久屋大通
伏見
栄
大須観音
上前津
東別院
金山
日比野
西高蔵
六番町
神宮西
東海通
伝馬町
港区役所
堀田
築地口
妙音通
名古屋港
名港線
桜本町

大曽根
ナゴヤドーム前矢田
（名古屋巨蛋前矢田）
砂田橋
茶屋ヶ坂
（茶屋坂）
自由ヶ丘
（自由丘）

高岳
車道
新栄町
千種
今池
本山
矢場町
鶴舞
荒畑
御器所
桜山
瑞穂区役所
瑞穂
運動場西
瑞穂運動場東
新瑞橋
鶴里
野並
桜通線

吹上
川名
八事
塩釜口
植田
原
平針
赤池
名城線
総合
リハビリセンター
（綜合復健中心）

覚王山
池下
名古屋大学
いりなか
（杁中）
八事日赤

星ヶ丘
（星丘）
東山公園
一社
上社
本郷
藤が丘
（藤丘）

© 2013 Royal Orchid International Co., Ltd

京都電車路線圖

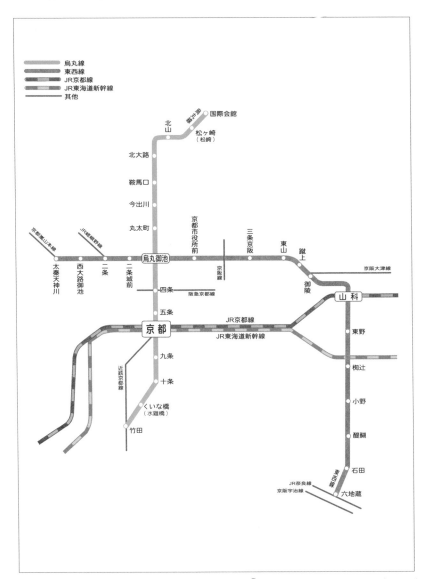

© 2013 Royal Orchid International Co., Ltd

福岡電車路線圖

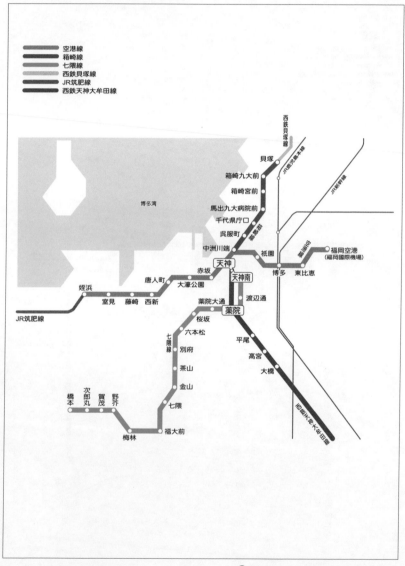

© 2013 Royal Orchid International Co., Ltd

札幌電車路線圖

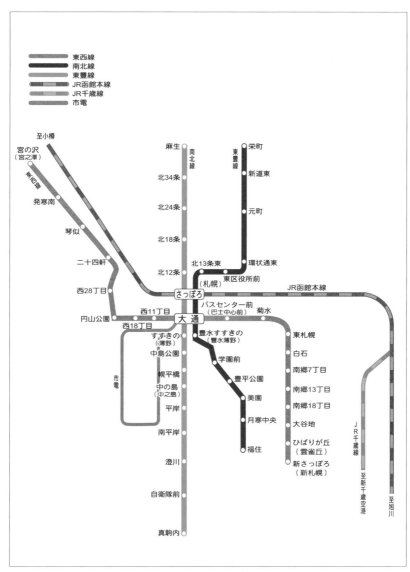

© 2013 Royal Orchid International Co., Ltd

國家圖書館出版品預行編目資料

一比就通！名部落客 WAWA 的手指日語便利帳 /
林潔珏著
-- 初版 -- 臺北市：瑞蘭國際 ,2013.08
272 面；14.8 x 21 公分 --（外語達人系列；07）
ISBN：978-986-5953-44-7（平裝附光碟片）
1. 日語 2. 旅遊 3. 會話
803.188   102015237

外語達人系列 07

一比就通！
名部落客WAWA的
手指日語便利帳

作者｜林潔珏
責任編輯｜呂依臻、王愿琦
校對｜林潔珏、呂依臻、王愿琦、こんどうともこ

封面、版型設計、排版｜劉麗雪
日文錄音｜こんどうともこ、福岡載豐／錄音室｜采漾錄音製作有限公司
印務｜王彥萍

董事長｜張暖彗／社長兼總編輯｜王愿琦／副總編輯｜呂依臻
主編｜王彥萍／副主編｜葉仲芸／編輯｜周羽恩／美術編輯｜余佳憓
業務部主任｜楊米琪／業務部助理｜林湲洵

出版社｜瑞蘭國際有限公司／地址｜台北市大安區安和路一段 104 號 7 樓之一
電話｜(02)2700-4625／傳真｜(02)2700-4622／訂購專線｜(02)2700-4625
劃撥帳號｜19914152 瑞蘭國際有限公司／瑞蘭網路書城｜www.genki-japan.com.tw

總經銷｜聯合發行股份有限公司／電話｜(02)2917-8022、2917-8042
傳真｜(02)2915-6275、2915-7212／印刷｜宗祐印刷有限公司
出版日期｜2013 年 08 月初版 1 刷／定價｜350 元／ ISBN｜978-986-5953-44-7

◎ 版權所有、翻印必究
◎ 本書如有缺頁、破損、裝訂錯誤，請寄回本公司更換